KB209795

「안녕, 미오리」
우리는 동시에 돌아보았다.
호랑이도 제 말 하면 온다더니.
화제의 주인공인 혼도가
살랑살랑 손을 흔들고 있었다.
하이바라의
청춘
뉴 게임+
haibarakun no
seisyun newgame

밴드부 소속
음악을 좋아하는
미오리의 친구
▶혼도 세리카
나츠키의
고등학교 데뷔
서포터 소꿉친구
▶모토미야 미오리
농구를 무척 좋아하며
밝고 힘이 넘치는
모두의 무드 메이커
▶사쿠라 우타

의젓한 분위기의
미소녀이자 히카리의
소꿉친구(보호자).
▶나나세 유이노
1회차 때 나츠키가
짝사랑하였던
학교의 아이돌 같은
미소녀
▶호시미야 히카리
고등학교 1학년 여름방학——
첫 여행은 바다로 결정!

「……나, 나츠키?!」
조용한 가게 안에 얼빠진 외침이 울린다.

하이바라의
청춘 뉴 게임+

haibarakun no
tsuyokute
seisyun newgame

3

Kazuki Amamiya
아마미야 카즈키

ill. 긴 Gin

▶contents

▶ 서 장 달이 보이는 밤에

방파제 위에, 그들은 앉아있었다.

시선 끝에는 바다가 어두운 밤으로 뒤덮였다.

낮에는 수많은 사람으로 북적이던 모래사장에, 지금은 아무도 없었다.

세상은 적막에 휩싸여, 들리는 소리라곤 오직 잘게 이는 파도소리뿐.

수평선 너머, 구름 한 점 없는 밤하늘에는 보름달이 떠올랐다.

희미한 달빛이 밤바다를 비춘다.

모래사장으로 하얀빛의 길이 뻗어 환상적인 풍경을 자아냈다.

미지근한 바닷바람이 불고 지나가며 옆에 앉은 소녀의 긴 머리카락이 소년의 볼을 간질였다.

문득 소녀를 바라보자, 보석처럼 투명한 눈동자에 소년의 얼굴이 비치고 있었다.

"생각보다 선선하네."

"해도 없고 바람도 부니까."

"바닷바람이라 너무 쐬면 끈적거릴지도 모르겠다."

소녀는 그렇게 말하고 쿡쿡거리며 웃었다.

"있잖아, 나는…… 네게 힘이 되어줄 수 있었을까?"
소년이 묻자 소녀는 미소를 지으며 끄덕였다.
"물론이지. 네가 없었다면 난 아무것도 못 했을 거야."
"그렇다면 다행이야."
"……있지."
안도하는 소년에게 소녀는 투명한 목소리로 속삭였다.

"*달이 참 아름답지."

그 말이 무엇을 의미하는지, 소년은 이해했다.
달을 올려다보는 소녀를 바라보며 소년은 크게 숨을 들이쉬었다.
그리고 모자란 머리를 한껏 굴려 소녀가 기뻐할 만한 표현을 쥐어짜 냈다.

"……그건, 너와 함께 보고 있어서 그렇겠지."

소년의 말을 듣고 소녀는 웃었다.
——꽃이 피듯이.

---

*나츠메 소세키가 'I love you'의 번역으로 제시한 일화가 유명하다.

▶ 제1장 최고의 여름을 향해서

"더워……."

찌는 듯한 열기가 하교 중인 우리를 덮쳤다.

7월 중순. 쨍한 한여름 날씨. 32도를 넘는 맹더위에 몸에 불이 붙는 것만 같다.

그저 걷고 있을 뿐인데도 체력이 무서운 기세로 소모되었다.

"최악의 여름이야……."

옆을 걷는 나나세가 죽을상으로 중얼거렸다.

그야 이렇게나 더우니……. 기상청에 따르면 예년을 넘는 맹더위가 될 것이라 한다. 특히나 군마는 산에 둘러싸인 지형이라 뭔 현상인지 뭔지 때문에 더워지기 쉽다나.

"……나나세, 괜찮아? 얼굴이 새파란데?"

"……조금 쉬어도 될까?"

나나세가 길가의 자판기를 손가락으로 가리켜 "물론이지." 하고 고개를 끄덕였다.

나는 아이스 커피를, 나나세는 어지간히 목이 말랐는지 이온음료를 샀다.

나나세는 꿀꺽꿀꺽 이온음료를 들이켜더니 하아 하고 숨을 뱉었다.
"이제야 살겠다……."
"진짜 괜찮아? 일사병은 아니지?"
"그렇게 걱정할 정도는 아니야. 조금 탈수 증상 비슷하게 오긴 했어도."
여기는 학교에서 역으로 이어지는 강가 길 도중에 있는 간이 휴게소다.
자판기 세 대와 벤치가 두 개. 마침 나무 그늘이 드리워져 아까보다 어느 정도는 시원하게 느껴졌다. 평소에는 우리 학교 학생들이 모여있곤 했지만, 오늘은 다행히 아무도 없었다.
"알바 할 수 있겠어? 무리는 하지 마."
"그러게…… 미안해, 기말고사 공부 때문에 계속 잠이 부족해서."
나나세는 역시나 몸 상태가 좋지 않은지 목소리가 조금 피곤하게 느껴졌다.
"조금 쉬면 괜찮아질 거야."
그 말을 들어도 걱정을 떨칠 수 없었다.
나나세는 몸이 튼튼한 편이 아니었다. 감기 때문에 쉰 적도 몇 번인가 있었다.
"……걱정이 심하다니까, 하이바라는."
훗 하고 나나세가 긴장이 풀린 듯이 웃었다.
……허? 그 미소는 뭐야??? 완벽하게 귀여운데?
오늘도 나의 나나세가 팬심을 자극한다…….

"하이바라는 기말고사 어땠어?"

내가 갈 데까지 간 오타쿠로 변했다는 사실을 모르는 나나세가 그런 걸 물었다.

쉬면서 무료함을 달래려는 잡담인가. 안색도 좋아지기 시작했으니 정말로 괜찮아 보이는걸.

"음~ 뭐, 나쁘진 않았지."

그건 그렇고 기말고사가 바로 저번 주에 끝났다.

지금은 시험지 반환도 얼추 끝났지만, 결과와 순위는 아직 발표되지 않았다.

모든 결과를 알게 되는 것은 2, 3일 뒤일 것이다.

"……뭐야, 그게. 겸손도 심하면 혼난다? 주로 나한테."

"혼내는 게 나나세야? 그냥 솔직한 감상인 걸 어떡해."

입술을 비죽이며 불평하는 나나세에게 쓴웃음을 지으며 어깨를 으쓱였다.

"굳이 말하자면, 영어가 조금 낮았지."

"……몇 점이었는데? 말하기 싫으면 안 해도 상관은 없는데."

내 사생활을 존중하면서도 궁금하다는 모습을 보이는 나나세.

뭐, 나야 시험 점수를 숨기는 스타일도 아니라서 솔직하게 대답하기로 했다.

"89점."

"……그게 낮다니, 내가 더 낮거든?"

부루퉁하고 나나세의 시선이 더욱 차가워졌다. 조금 삐진 게 귀엽다.

하하하 하고 나는 아무 말 없이 웃어넘기며 얼버무렸다.
이럴 때, 뭐라고 대답해야 정답이지?
주변에서 치켜세울 때가 많은 요즘 드는 고민이었지만, 우선 무난한 질문을 던져봤다.
"나나세는 영어, 잘 못 해?"
"잘하냐 못하냐 묻는다면, 잘하는데?"
나는 토크에 실패했다. 무난이란 무엇이었단 말인가.
고개를 홱 돌리며 대답하는 나나세의 기분을 풀어주려고 배낭에서 과자를 꺼냈다.
"너무 삐지지 마. 자, 이거 줄 테니까."
편의점에서 산 쿠키를 넌지시 보여주자, 나나세가 어이없다는 듯이 말했다.
"……딱히 삐진 거 아니야. 초등학생도 아닌데 과자에 넘어갈 것 같니?"
그렇게 말하면서도 야무지게 내 손에서 빼앗은 쿠키를 먹는 나나세.
작은 입으로 조금씩 먹는 모습이 어쩐지 다람쥐를 연상시켰다.
으~음, 오늘도 나나세는 덕질할 맛이 난다…….
나나세는 이래 보여도 제법 과자를 좋아했다. 아르바이트를 하며 쉬는 시간에 곧잘 먹었다.
내가 보기에 특히 초콜릿과 쿠키를 좋아하는 것 같았다.
"내가 살찌면 어떻게 책임을 지려고 그래?"
오늘의 나나세는 어쩐지 공격적이다.

불만스럽게 노려보길래 나는 진지하게 대답했다.
"그때는 같이 다이어트 할게. 괜찮아, 운동하면 살은 꼭 빠지니까!"
"어쩐지, 굉장한 설득력이 느껴지는걸……."
그야 경험담이거든. 매일 꾸준히 운동하면 어떻게든 되는 법이다. 하지만 나처럼 무리한 다이어트 스케줄은 짜지 않는 게 좋다. 죽을 수도 있으니까.
"애당초 나나세는 오히려 너무 말랐어. 조금은 쪄도 돼."
내가 가벼운 마음으로 말하자 나나세가 복잡한 표정으로 중얼거렸다.
"……안 보이는 곳에 붙는다고. 지방이."
그런 건가?
문득 내 시선이 나나세의 흉부로 향했다. 깊은 뜻은 없었지만.
"……하이바라?"
물음에 시선을 들자, 코앞에서 나나세와 시선이 맞았다.
벤치에 나란히 앉아있어서 서로 얼굴을 바라보면 거리가 가깝다.
생각 탓인지 나나세는 얼굴에 홍조를 살짝 띠고 있었다.
"조, 좋았어. 슬슬 갈까. 알바 시간이니까!"
"……."
노골적으로 화제를 돌리고 일어선 나를 나나세가 불만스럽게 노려보았지만, 이윽고 한숨을 쉬고 자리에서 일어섰다. 도망치듯이 걸어가는 내 옆으로 종종걸음으로 다가와 나란히 섰다.

"그러고 보니 알바 오랜만인걸."

"나나세는 일주일만이던가? 나는 가끔 스케줄 넣었는데."

시험 기간 중엔 아르바이트생이 부족해져 점장님이 난처해했기에 고등학교 생활 2회차의 은총으로 그리 공부할 필요가 없는 내가 일하게 됐다.

하지만, 아무리 그래도 평소보다는 줄였다.

그 덕에 이번에도 전교 1등을 딸 수 있을 것 같다.

"시험 기간 정도는 제대로 공부 안 하면 부모님한테 혼나거든."

"아~ 그렇지."

투덜대듯 말하는 나나세에게 내가 수긍하며 고개를 끄덕였다.

우리 엄마도 옛날엔 "공부해!"라며 잔소리가 시끄러웠지.

만화를 읽거나 라이트노벨을 읽거나 게임을 하거나 하며 바쁘던 나는 전력으로 무시했지만.

그리고 2회차인 지금은 중간고사 전교 1등 효과 덕인지 별다른 말을 하지 않는다.

"나도 전교 1등을 하면 부모님이 아무 말도 안 하게 될까."

"글쎄다. 그래도 의외인걸. 나나세도 부모님한테 혼나기도 하는구나."

부모님이 혼낼 것까지도 없이 제대로 공부할 것처럼 보이는데.

"……시험 기간에 게임하면 부모님한테 압수당하거든."

나나세가 부끄러운 표정으로 그렇게 말했다.
그보다 나나세도 게임을 하는구나…….
"평소에도 시끄러워. 게임은 하루 한 시간만 하라고."
……뭐랄까, 마치 초등학생을 대하는 듯한 대응인걸.
이 소릴 입에 담으면 나나세의 기분을 해칠 것 같아 무난하게 토크를 이어갔다.
"나나세는 무슨 게임 해?"
"기본적으론 리듬 게임이지. RPG도 좋아하긴 하는데."
나나세는 나도 알고 있는 유명한 리듬 게임의 제목을 몇 가지 들었다.
집에 있을 때나 통학길 전철에서 자주 플레이한다고 한다.
"하이바라는? 노래를 잘 부르니 잘할 것 같은데."
"해본 적 없는걸. 게임 자체는 꽤 좋아하는데."
스토리를 좋아하는 오타쿠라 중학교, 고등학교 시절엔 RPG만 플레이했다.
대학생 시절엔 FPS에 빠지기도 했지만, 리듬 게임은 손대지 않았더랬지.
"그래도 리듬감엔 자신 있어."
"조금 해보자. 알바 끝나고 알려줄게."
나나세가 그렇게 말한다면 거절할 이유도 없다.
내가 고개를 끄덕이자 나나세가 기쁜 듯이 미소 지었다.
"후후, 기대된다."
그런 잡담을 나누며 아르바이트를 하는 카페 마레스로 걸음을 옮겼다.
봄에는 화사하게 꽃잎을 흩날리던 벚나무가 지금은 완연한 녹색으로 뒤덮였다.
계절이 변해간다.
2회차 고등학교 생활도 1회차 때와 마찬가지로.
봄이 지나고 장마를 거쳐 계절은 한여름이 되었다.
매미 울음소리가 배경 음악으로 깔리며 찬란히 빛나는 태양이 우리를 비춘다.
축축이 목을 타고 흐르는 땀을 수건으로 닦아냈다.

——기말고사가 끝나, 여름 방학까지 일주일을 앞두고 있었다.

*

"그러면, 낙제점 회피를 축하하며 건배~!"
우타는 기분 좋다는 듯이 넘실거리도록 콜라를 담은 잔을 치켜들었다.
오후 8시 무렵, 카페 마레스.
아르바이트 중인 나와 나나세를 찾아온 것은 동아리 활동을 마친 우타, 레이타, 타츠야 세 사람이었다.
시험 결과가 좋았기에 그 축하 파티를 열고 있었다.
"아니, 낙제점 회피라니…… 그냥 시험 종료 뒤풀이면 그만 아냐?"

레이타가 쓴웃음을 지으며 어깨를 으쓱였다.
"낙제점 회피가 무슨 축하할 일이야."
나나세도 키득키득 웃으며 우타를 놀렸다.
"시, 시끄럽거든~! 우리한텐 사활이 걸린 문제란 말야! 그치?! 타츠!"
우타는 볼을 부루퉁 부풀리며 반론하더니 옆에 앉은 타츠야의 어깨를 흔들었다.
"시끄러운 건 너야. 그리고 같은 취급 마라. 이번에 난 너만큼 아슬아슬하지 않았어."
덜컥덜컥 우타에게 흔들리면서도 귀찮다는 듯이 대답하는 타츠야.
이번에 타츠야의 성적이 나쁘지 않았던 것은 사실이다. 아마도 평균 50점 전후는 받았으리라. 지난번에 비하면 엄청난 진보다. 거의 전 과목이 낙제점 근처인 우타와는 비교가 되지 않는다.
"끄응…… 그건, 실제로 그렇지. 날 배신했겠다?"
"네가 성장을 안 했을 뿐이지. 난 조금씩 조금씩 공부한단 걸 배웠거든."
"타츠답지 않게 무슨 소리래?! 뭐야?! 무슨 일이 있었던 건데?!"
당황하는 우타에게 아주 살짝 우쭐거리는 표정을 짓는 타츠야.
"뭐, 조금씩 공부해서 그 정도면 그것도 그것대로 좀 아닌 것 같긴 하지."

그리고 레이타의 심플한 폭언을 듣고 타츠야가 머리를 감싸 쥐었다.

"……말에 왜 그리 날이 잔뜩 섰냐?"

"미안해. 조금 자랑스러워하길래 열 받아서 그만."

레이타는 평소처럼 방긋방긋 웃으며 그렇게 말했다.

저기요, 레이타 씨? 좀 무서운데요?

머리를 감싸안은 타츠야가 불쌍해져 그 어깨에 손을 올렸다.

"너무 기죽지 마라. 저번보다는 훨씬 점수 올랐잖아."

"네 격려만은 듣고 싶지 않다. 어차피 전교 1등일 거 아냐."

타츠야는 날카롭게 노려보며 어깨에 올린 내 손을 뿌리쳤다. 내, 내가 뭘 했다고.

"나츠키 말이 맞아. 이번에 타츠야는 애썼지."

레이타는 전언을 철회하려는 듯이 그렇게 말했다.

타츠야는 무뚝뚝한 얼굴로 "……그러냐." 하고 대답했지만, 조금 기뻐 보인다.

자신이 타츠야를 기죽게 만든 주제에 태연하게 태세를 뒤집는 말로 격려한다.

레이타가 자주 쓰는 수법이다. 뭐랄까, 여자에게 인기가 많은 이유를 알겠다.

"그러는 시라토리는 어땠어?"

"평소대로였지. 아마 나나세보다는 낮으려나?"

레이타는 자기 가방에서 클리어 파일을 꺼냈다.

내용물은 돌려받은 시험용지 다발이었다.
대충 점수를 계산하고 있는데, 평균 80점 전후 정도려나?
"후후, 시라토리에겐 이겼네. 좋아라."
나나세가 내 옷자락을 잡아당기며 웃어 보인다.
어? 그 동작은 뭐야? 왜 나한테 기쁨을 표현하는 건데?
……아니, 너무 귀여운 거 아냐???
나나세는 조금 더 자기가 어떻게 생겼는지 자각했으면 좋겠다.
얼굴이 예쁜 여자가 좋다고 자주 말했는데, 당신도 그중 하나라고요!
"그래 그래, 잘됐네."
흐뭇한 마음이 들어 그렇게 대답하자 나나세가 눈살을 찌푸렸다.
"잘된 거 아냐. 하이바라에겐 졌는걸."
아니, 뭐라고 반응해야 정답인 건데?
살짝 삐진 척하던 나나세가 작게 웃었다.
"미안해. 요즘 하이바라를 놀리는 게 재미있어서."
"……아, 예, 그러십니까."
이제 그냥 마음대로 해주십쇼. 나는 나나세가 즐겁다면야 뭐든 좋아.
그 뒤로 우리는 시험을 화제로 잡담을 이어갔다.
수학이 어려웠다느니, 세계사가 이상하게 쉬웠다느니, 물리에선 그 문제를 푸는 법을 모르겠다느니, 영어 선생은 성격이 너무 안 좋다느니, 화제가 끊길 일이 없었다.
하지만 나와 나나세는 아르바이트 중이었다.
손님이 적은 시간대라곤 하지만, 오래 놀고 있다간 점장님께 혼난다.
"그러면 느긋하게 있다 가라. 조금만 있으면 알바 끝나니까."
"응! 우리도 슬슬 가긴 할 거거든!"
그쯤에서 잡담을 멈추고 우리는 업무로 돌아갔다.
요즘은 정기적으로 저 세 사람이 동아리가 끝나면 카페 마레스로 찾아온다.
대부분 나와 나나세가 함께 일하는 날이다.
이 시간대라면 다소는 상대할 시간도 있었다. 저녁 시간대를 지나 손님이 줄어드니까.
"……그러고 보니 호시미야는? 역시 통금이 엄격한가?"
그렇게 묻자, 근처를 청소하던 나나세가 반응했다.
"걔네 부모님은 융통성이 없어서. 이 시간엔 무리겠지."
"……그렇구만."
나나세는 호시미야의 부모를 잘 아는 듯한 분위기였다.
호시미야와 같은 중학교에 다닌 데다 옛날부터 사이가 좋았던 것 같으니 당연한 일일지도 모른다.
호시미야의 가정환경을 물어보고 싶은 마음도 들었지만, 무례한 질문은 주저하게 된다.
"히카리가 있는 게 좋았어?"
놀리는 듯한 나나세의 질문에 어깨를 으쓱였다.

"아니, 그냥 모처럼이니 모두가 모여야 즐겁지 않을까 싶어서."

요즘은 나나세와 레이타가 놀리는 말도 동요하지 않고 받아칠 수 있게 됐다.

말을 걸어올 때마다 수상한 행동을 보이던 옛날의 나와는 천지 차이다. 이건 성장한 게 아닐까?

방금은 그저 본심을 말했을 뿐이지만.

……호시미야와 더 함께 있고 싶을 뿐, 그런 마음도 있기야 한데.

"그러게. 히카리도 우리가 밤에 모이면 부러워하니까."

"자주 RINE으로 시끄럽게 굴었지. 자기도 가고 싶다면서."

이렇게 여섯 명이 들어간 그룹 채팅방을 떠올리며 말하자, 나나세는 청소하던 손을 멈췄다.

그 뒤로 우타네가 잡담을 나누는 테이블 쪽을 바라보며 조용히 읊조렸다.

"……조금 더, 어떻게 해주고 싶긴 한데."

"……호시미야 얘기야?"

나나세는 내 질문에 고개를 끄덕이고 이야기를 계속했다.

"통금이야 어쩔 수 없다고 생각하지만, 그것 말고도 히카리는 그래 보여도 행동을 많이 제한당하고 있거든. 그 애 아버지는 엄한 게 좀 지나쳐."

나나세 치곤 웬일로 푸념처럼 들리는 말이었다.

나나세는 호시미야의 오랜 친구다. 상담을 받았던 적도 있을 것이다.

"……왠지 모르게 그런 느낌이겠거니 싶긴 했지."

"성격이 상당한 고집불통이거든. 히카리 얘기는 들어주지도 않아."

나나세는 기억을 되새기고 있는지 창밖을 바라보며 한숨을 쉬었다.

……어려운 문제다. 남의 가정환경엔 참견할 수 없다.

교육 방침이 엄하다고 해서 그것이 틀렸다고 말할 수도 없다.

호시미야의 친구에 지나지 않는 우리에겐 어쩔 도리도 없다. ……애당초 호시미야가 어떻게 해주길 바라는지도 단정 지을 수 없는 데다, 문제라고 말할 수 있을지 어떨지조차 알 수 없다.

——다만, 한 가지 신경 쓰이는 점은 있었다.

"혹시 호시미야는 다 같이 여행 같은 건 어렵나?"

앞으로 일주일이 지나면 여름 방학이 찾아온다. 대망의 장기 휴가다.

구체적으로 정한 건 없지만, 다 같이 놀러 가자는 얘기는 했다.

요즘은 기말고사 얘기만 했지만, 슬슬 여름 방학 계획을 짜야겠는걸.

아무튼, 내게 있어선 중요한 청춘 이벤트 중 하나다.

거기에 호시미야가 참가할 수 없게 된다면…… 나는 무척이나 슬플 것이다.

호시미야는 자기 입으로 "바다에 가고 싶다."라고 말했는데.

"으~음…… 히카리는 같이 가고 싶겠지만, 뭐라 말하기 어려운걸. 당일치기로 간단히 여행을 다녀오는 거면 몰라도 하이바라나 다른 사람들 얘기를 들어보면 아무래도 묵고 오려는 거지?"

"뭐…… 그렇지. 구체적으로 정한 건 아무것도 없지만."

"남녀가 같이 묵고 오는 여행이 되면 조금 어려울지도 몰라. 나도 같이 가니 괜찮다고 설득할 수 있다면 좋겠는데. 그 애 부모가 어떻게 생각할지에 달렸어."

"그렇구나……."

그야 호시미야는 그렇게나 귀여운 여자아이니까.

이상한 남자가 들러붙을 가능성도 클 테니 부모가 걱정하는 것도 어쩔 수 없다.

혼자 밤길을 걷게 하는 것조차 나로선 주저하는 마음이 든다.

우리 부모님도 여동생을 조금 과보호하는 면이 있다. 나는 부모님에게 무언가 제한당하거나 하는 일은 거의 없었지만, 역시나 남자와 여자는 잠재적 리스크가 다르다는 문제도 있다.

"결국 본인에게 물어보지 않으면 몰라. 먼저 계획을 세워야겠지."

나나세는 그렇게 말하고 이야기를 매듭지었다. 확실히, 그 말대로다. 지금 단계에서 신경 쓸 일이 아니다. 그리고 호시미야가 가지 못한다 해도…… 어쩔 수 없는 일이다.

……나는 함께 가고 싶지만 그것은 내 바람일 뿐이다.

"나도 몇 군데 후보를 생각해 볼게."

호시미야 일을 빼더라도 돈이나 시간, 장소 등 문제는 많다.
모두와 상담하기 전에 우선 미오리의 의견을 들어보자고 생각했다.

*

집에 돌아온 나는 샤워를 하고 내 방으로 왔다.
저녁밥은 카페 마레스에서 직원 식사를 먹고 왔다.
이제 자기만 하면 되는 상태로 미오리에게 "지금 괜찮아?" 하고 채팅을 보냈다.
그리고 몇 분을 기다렸지만, 읽음 표시는 뜨지 않았다.
벌써 자나…… 하고 생각한 타이밍에 전화벨 소리가 울렸다.
"오~ 아직 일어나 있었구나."
『그냥 마침 목욕하던 중이라. 무슨 일인데?』
"여름 방학 계획으로 조금 상담하고 싶어서."
요즘 미오리와의 대화는 전화가 잦았다. 얼마 전까지는 근처 공원에서 대화를 나눌 때가 많았지만, 이제는 더운 시기인 데다 매번 밤에 밖으로 나가면 미오리네 부모님이 걱정한다고 한다.
『아~ 바다나 산으로 가고 싶다든가 하는 얘기였던가?』
"응, 맞아. 지금 당장은 바다에서 1박 하는 방향으로 생각하는데."
호시미야가 바다에 가고 싶다고 말했던 것도 있고 역시나 여름 하면 바다라는 인상이 가장 처음에 떠오르기도 했다. 모두의 의견을 물어봤을 때도 산보다는 바다를 원하는 사람이 많았고.
『……그냥 우타나 히카리 수영복을 보고 싶어서 그런 게 아니고?』
"따, 딱히 그런 거…… 아니거든."
『어째 지금, 대답 사이에 공백이 있었는데?』
"시끄러. 쓸데없이 눈치 빠르게 굴지 마."
그런 생각을 한순간도 하지 않았느냐 묻는다면 거짓말이 될 것이다. 그야 보고 싶으냐 보고 싶지 않으냐 물으면, 당연히 보고 싶은 게 맞지. 그리고 나나세 수영복도 보고 싶어!
징그럽기 짝이 없는 내 사고를 꿰뚫어 봤는지 미오리가 후훗 하고 웃었다.
『그래~. 역시 너도 남자구나?』
"에이잇, 시끄러워. 당연히 바다에서 노는 게 메인이지."
『여담인데 지금 난 목욕하고 나와서 속옷 차림이거든. 좀 더워서.』
"……쓸데없는 정보 추가하지 마."
조금 상상하게 되잖아! 그것이 미오리의 노림수겠지만.
소꿉친구인 미오리로 이상한 상상은 하고 싶지 않다……고 단언할 수 있다면 얼마나 좋았을까.
이성으로 의식하지 않기엔 지금의 미오리는 너무나 미인이었다.
물론 본인에게 그런 소리는 하지 않겠지만. 우쭐거릴 게 뻔하니까.

『그보다 역시 자고 올 거구나?』

날 동요시켜 놓고 미오리가 태연하게 이야기를 계속했다.

"군마에서 바다에 간다 치면 이동만 해도 시간이 걸리잖아."

충분히 즐기려면 1박을 하는 게 낫다고 본다. 당일치기는 시간적 여유가 없다.

『맞는 말이긴 한데 돈이 제법 들겠네.』

"나랑 나나세는 알바해서 괜찮지만, 문제는 동아리 팀이지."

『우타는 집에서 하는 오코노미야키 가게를 도우면서 용돈을 제법 받고 있다나 봐.』

"오? 그래? 그럼 문제는…… 타츠야겠군."

레이타는 한 푼 두 푼 저금을 하고 있다고 말했으니 문제는 없어 보였다.

하지만 타츠야는 항상 돈이 부족하다며 끙끙거렸다. 자주 편의점에서 군것질해서 그렇겠지.

"1박이면 아슬아슬하게 어떻게든 되려나?"

저렴한 호텔에서 묵으면 만 엔 전후일 것이다.

그리고 교통비로 몇천 엔…… 아니, 이건 그보다 어느 바다로 갈지에 따라서도 달라지겠는걸.

현지에서 놀면서 쓸 돈도 필요하다. 어림잡아도 2, 3만 엔은 들 것이다.

으~음, 돈이 엮인 문제는 항상 머리가 아프다.

나도 아르바이트 아니면 강의, 둘 중 하나였던 대학생 시절에는 주머니가 두둑했지만, 지금은 그렇게까지 여유가 있는 편이 아니다. 안 그래도 아직 아르바이트를 시작한 지 3개월도 안 지났으니까.

『2박은 어렵겠네. 일정을 생각해도 3일을 비우는 건 어려울 테고.』

"듣고 보니, 다들 동아리가 있으니까 말이지."

나와 나나세는 아르바이트 스케줄을 조정하면 그만이지만, 우타와 레이타, 타츠야는 동아리를 쉴 수도 없을 것이다. 호시미야네 동아리는 방학 중엔 자유 참가인 모양이니 신경 쓰지 않아도 될 것 같았다. 아무튼, 모두가 동아리를 쉬는 기간에 계획을 잡아야 한다.

『뭐, *백중 휴가라든지 일정이 비는 타이밍은 있을 거야. 여자 농구부는 이런 느낌.』

미오리가 RINE으로 이미지를 보냈다.

그것은 여자 농구부의 여름 방학 일정이 기재된 프린트였다. 이렇게 보니까 확실히 정기적으로 쉬는 날도 있나 본데? 다만, 제법 연습과 시합으로 빼곡히 일정이 차 있다.

『그보다 장소가 먼저 아냐? 다 같이 상담하면서 정하는 게 좋기야 할 텐데 나츠키가 어느 정도 후보를 정해두는 게 좋겠다. 가장 한가하니까.』

"시끄. 나도 알바랑 근력 운동해야 한다고."

『흐음? 운동은 아직도 빠짐없이 하고 있구나? 이제 필요 없을 것 같은데.』

*일본의 백중 휴가는 일반적으로 8월 13~16일 사이.

“아니, 필요하다든가 하는 문제가 아니야. 근력 운동이 얼마나 좋은데. 근육을 단련하면 모든 게 해결되거든.”

지금까지 왜 근력 운동을 하지 않았는지. 이걸 모르겠다.

근육을 단련하면 세계가 변한다. 근력 운동은 정의다.

『우와, 징그러…….』

“야, 진짜로 식겁한 것처럼 말하지 마.”

내 유리 멘탈이 부서지잖아. 실제로 동아리 활동을 하지 않는 내게 근력 운동은 중요한 체형 유지 방법이고, 더불어 시간을 때울 수단이기도 했다.

『아, 그래도 바다에서 놀 거면 수영복을 입어야 하니까 근육은 중요하겠네~. 역시 체형이 꽉 잡혀 있으면 멋있으니까. 혹시 그걸 노린 거야?』

“……그 생각은 못 했는걸.”

확실히 수영복을 입는다는 것은 수영복 차림을 보인다는 것이기도 하다.

뭐, 딱히 누가 봐도 문제 될 것은 없지만…… 조금만 복근을 강화해 둘까.

……그래, 아주 조금만. 딱히 크게 신경 쓰는 건 아니고.

『뭐, 근육을 단련하는 게 취미라면 새삼 신경 쓸 필요도 없으려나.』

미오리는 졸린다는 듯이 하품하며 그렇게 말했다.

“아니, 그보다 장소 얘기하던 중 아냐?”

『응, 평범하게 생각해 보면 니이가타라든가? 태평양 쪽이면

이바라키려나.』
맞다. 군마에서 거리로 따져봐도 그렇게 둘 중 하나를 고르게 될 것이다.
『이거 봐, 이런 데 좋지 않아?』
미오리가 보내온 주소를 누르자, 니이가타의 해수욕장을 소개하는 사이트가 표시됐다. 오랜만에 바다 사진을 보니 아름다운걸. 막 가고 싶어진다.
니이가타라면 어릴 적에 가본 적이 있는 해수욕장이 몇 군데 있는데 모두 아름답고 편안했던 기억이 있다. 또 그곳에 가는 것도 좋을지도 모른다.
그런 식으로 해수욕장을 찾으며 이런저런 잡담을 나누었더니 어느새 시곗바늘이 꼭대기에 도착해 있었다. 얘기를 일단락짓고 미오리가 다시 한번 하품을 했다.
"슬슬 잘까."
『……그러게. 결론은 안 나왔지만, 의외로 후보는 정해졌지. 나머지는 다 같이 얘기하면서 정하면 되겠다. 궁금하니까 정해지면 나한테도 알려줘야 해?』
미오리의 다정함이 느껴지는 목소리가 전화 너머로 들려온다.
어쩐지 그 목소리가 살짝 쓸쓸한 것처럼도 들려서 나는 문득 물어보았다.
"……너도 같이 가는 건 역시 어려우려나?"
미오리는 좋아하는 남자에겐 거침없이 들이대는 스타일이다.

레이타가 참가하는 여행이라면 미오리도 같이 가고 싶다고 말을 꺼낼 줄 알았으나 지금 당장은 그럴 생각이 없어 보였다.

『아무리 그래도, 여섯 명 고정 그룹에 내가 끼는 건 어렵지.』

"그래도 미오리는 우리 모두랑 어느 정도 친하잖아."

『그래도, 나만 다른 반이고 평소에 같이 있는 그룹도 다르니까. 분명 여섯 명끼리 있는 분위기란 게 있을 거 아냐. 거기에 억지로 끼었다가 불편해지는 건 싫어서.』

미오리의 의견은 어디까지나 현실적이었다.

그렇게 정론을 늘어놓으면 나로선 대꾸할 말이 사라진다.

입을 다문 내 모습에 미오리가 키득거리며 웃었다.

『아니면, 뭔데? 내가 같이 안 있어 주면 불안해?』

"……아니, 그냥 너도 같이 가는 게 더 재밌을 것 같아서."

어릴 적 기억이 뇌리를 스친다.

미오리와 함께 놀던 시간은 항상 즐거웠다.

미오리가 우리를 이끌어 준 덕에.

그래서 문득 생각한 것이다. 평소 여섯 명에 더해 미오리까지 함께 놀 수 있다면 분명 그것은 내가 이상으로 생각하는 청춘에 한없이 가까워지겠거니 하고.

『……그, 그래. 그래도 그건, 네 바람일 뿐이니까.』

미오리 말이 맞다.

모두가 나와 똑같은 생각을 하리라곤 단정 지을 수 없다.

그래도 레이타만은 내 생각에 찬동해 줄 것 같지만.

여하튼 그 녀석의 마음을 막 알게 된 참이다.

……아니 설마, 이미 레이타가 미오리를 좋아하게 됐을 줄은 몰랐지.

레이타는 자기 얘기를 잘 안 해서 전혀 눈치 못 챘다. 그때는 놀랐다.

하지만 아무리 그래도 그걸 미오리에게 전할 수는 없다.

서로의 마음을 아는 나로서는 그러는 게 얘기가 빠르다고 생각하지만, 그것은 내가 정할 일이 아니다. 레이타도 나를 신뢰하고 있기에 얘기해준 것일 테니까.

『스——슬슬 잘게. 응, 잘 자.』

사고의 바다에 빠진 내게 미오리가 정적을 깨듯이 인사했다.

"그래, 이제 밤도 늦었으니까. 같이 얘기해줘서 고맙다."

내가 그렇게 대답하자, 곧 통화가 끊어졌다.

어째 묘하게 당황한 것 같은 목소리에 말이 빨랐는데, 왜 저러지?

조금 의문이 들었지만, 이제는 확인할 방법이 없다. 뭐, 무슨 상관이람.

내일도 학교에 가야 하니 나도 얌전히 자기로 하자.

여름에는 잘 때 에어컨을 틀어놓을지 끌지 어떻게 할까 고민되는걸. 에어컨을 틀어놓고 자면 목 상태가 나빠질 때가 많고 끄고 자면 땀범벅이 돼서 잠이 깰 때가 있다. 일장일단이 있어서 나는 그날 기온과 기분에 따라 판단할 때가 많았다.

오늘은 에어컨을 틀어놓은 채 눈꺼풀을 감았다.

곧 의식이 가라앉듯이 바닥으로 잠겼다.

*

다음 날.

약간 목 컨디션이 안 좋은 가운데, 학교로 향했다.

동네에서 전철에 올라 마에바시 역에서 내렸다.

그리고 학교로 이어지는 가로수길을 걷는데 뒤에서 누군가 어깨를 두드렸다.

"안녕! 나츠키!"

돌아보자, 그곳에는 미소녀가 만면의 미소를 짓고 있었다.

……으음, 세상에서 제일로 귀여운데?

"그래. 안녕, 호시미야."

호시미야는 내 옆으로 나란히 오더니 조금 거칠어진 숨을 골랐다.

아무래도 앞을 걷던 날 발견하고 달려서 쫓아온 모양이다.

"오늘도 덥다~."

시원한 시간대인 아침이라지만, 어디까지나 여름치곤 나을 뿐이다.

달려와 땀을 흘렸는지 호시미야는 와이셔츠 가슴팍을 붙잡고 부채질했다.

그 동작에 무심코 시선이 쏠렸다. 와이셔츠 안쪽의 하얀 살결이 비친다.

저도 모르게 보고 있던 걸 깨닫고 황급히 시선을 돌렸다.

호시미야는 이런 점이 조금 지나치게 무방비한 것 같다.

"이 길은 가로수에 그늘이 져서 다행이야."

호시미야와는 이따금 이렇게 아침 통학로에서 만나곤 했다.

다른 멤버는 동아리 아침 연습이 있어서 지금까진 만난 적이 없었다.

나나세와도 이따금 마주치지만, 아침의 나나세는 어쩐지 안 좋은 낯빛으로 '지금은 누구와도 말하기 싫으니 말 걸지 마'란 분위기를 전력으로 뿜고 있어 기본적으로 말을 걸지 않았다.

"참, 맞다. 들었거든, 어제도 카페에서 모였다며?"

호시미야가 일부러 그러듯이 볼을 부루퉁 부풀리고 그렇게 물었다. 불만스러운 말투였다.

"나랑 나나세는 알바지만 말이지. 걔들은 기말고사 얘기하더라."

"그래…… 좋겠다~. 나도 이번엔 꽤 잘 봐서 자랑하고 싶었는데."

"그랬어? 그러면 내가 들어줄 테니 마음껏 자랑해도 되는데?"

"전교 1등한테 얘기해봤자 자랑이 안 되잖아……. 그래도 성적이 오른 건 유이노랑 나츠키가 가르쳐준 덕이라 감사하고 있어. 고마워."

호시미야는 삐진 듯이 입술을 비죽이더니, 표정을 되돌리고 살짝 고개를 숙였다.

이번 기말고사도 중간고사 때처럼 다 같이 스터디 모임을 열었다.

지난번에는 나나세가 호시미야를 가르쳐줬지만, 이번에는 내가 호시미야를 가르쳐줄 기회도 많았다. 호시미야가 내게 물어보는 일이 많았던 건 아마도 중간고사 때 성적이 영향을 줘서 그랬겠지.

"후후, 성적도 올랐고 여름 방학도 코앞이라 전 기분이 좋답니다."

호시미야는 가벼운 발걸음으로 나보다 조금 앞으로 걸어가더니 돌아보며 웃었다.

조금 전까진 불만스러운 얼굴이었는데 재주도 좋게 표정을 휙휙 바꾼다.

"그러고 보니 금방 여름 방학이겠네. 호시미야는 어쩔 거야?"

계획을 위한 조사가 반, 단순한 관심을 반 담아 호시미야에게 물었다.

"음~ 기본적으로는 방에서 빈둥거리면서 보낼 건데? 밖에 나가면 덥잖아. 문예부 활동이 일주일에 한 번 있긴 해도 방학 중에는 자유 참가라 안 가도 되거든. 아, 그래도 읽고 싶은 소설이 많이 있었지. 쌓여서 그건 좀 읽어야겠다."

호시미야는 그런 식으로 대답하고 "나츠키는?" 하고 물었다.

"나는 알바만 잔뜩 할 것 같은데. 그래도 뭐, 기본적으론 한가해서 다 같이 놀자 그러면 일정을 비우려고. 집에 있을 때는 호시미야가 추천해 준 소설이나 읽을까."

"오, 좋은데~. 겸사겸사 몇 권 더 추천해 볼까~."

"부탁할게. 역시 동아리를 안 들면 방학 중엔 심심해질 것 같거든.”

모두가 동아리를 들지 않았다면 분명 놀 기회도 많았을 것 같지만, 다들 동아리가 있으니까.

농구부에는 이제 미련이 없다곤 하나, 나도 무언가 동아리에 들어가는 게 방학 중 청춘 농도가 올라갔을지도 모른다. 뭐, 이제 와서 생각해봤자 어쩔 수 없지.

호시미야는 “알았어!” 하고 기운차게 고개를 끄덕이고 생각났다는 듯이 눈살을 찌푸렸다.

“……그래도, 여름 방학은 숙제가 잔뜩 있었지. 생각만 해도 싫증 나.”

그러고 보니 확실히 며칠 애쓰는 정도론 끝낼 수 없을 만한 양의 숙제가 나왔다. 나처럼 동아리를 들지 않았다면 모를까, 동아리에 든 사람들은 분명 제법 힘겨운 양일 것이다.

모처럼이니 여름 방학 숙제도 청춘 이벤트로 활용해 볼까.

“그건 다 같이 도우며 끝내보자고. 몇 번 스터디 모임을 열자.”

장소는 아르바이트를 하는 카페 마레스나 역 앞 패밀리 레스토랑 근처가 좋을 것이다. 나로선 혼자 묵묵히 숙제를 푸는 건 재미가 없으니, 다 같이 잡담을 나누며 처리하고 싶은걸.

“오, 좋다! 나츠키가 알려주면 걱정 없겠어!”

그렇게 호시미야와 잡담을 나누며 걸으니 금방 학교에 도착했다.

교문을 빠져나가 현관으로 향했다.

호시미야와의 둘만의 시간이 끝나려 하고 있었다.

……그 전에 이 질문을 해두는 것이 좋을 것이다.

"그리고 다 같이 여행 가자고 했던가? 호시미야는 바다에 가고 싶다고 그랬지?"

최대한 자연스러운 목소리를 내도록 주의하며 물었다.

그러자 지금까지 밝았던 호시미야의 목소리가 갑자기 어두워졌다.

"……응. 애들이랑 다 같이 가게 되면 재밌겠다."

확실치 못한 대답이었다.

가고 싶다곤 생각하지만, 자신이 갈 수 없을 가능성을 고려하는 듯한 말투다.

내가 반응을 살폈다는 걸 호시미야도 눈치챘는지 미안하다는 얼굴로 말했다.

"미안해. 바다에 가고 싶다고 말한 건 난데, 못 갈지도 몰라."

"……부모님이 허락 안 해줘서, 그런 이유야?"

"아빠한테 잠깐 얘기해봤더니 별로 반응이 안 좋아서, 어떻게든 하고 싶긴 한데…… 혹시, 유이노한테 무슨 소리 들었어?"

"호시미야가 못 갈지도 모른다고만. 자세한 사정은 안 알려줬어."

그렇게 전하자, 호시미야는 어두운 표정으로 투덜거리듯이 말했다.

"……우리 아빠, 고집불통이라. 한 번 안 된다고 말하면 좀처럼 뒤집질 않아. 하여간, 그 돌머리, 진짜 어떻게 못 하려나……."

가족이라지만, 호시미야가 남의 험담을 입에 담는 모습을 보

는 건 처음이다.
그래서 무심코 눈을 껌뻑거렸다. 인상이 신선했다.
내가 놀랐다는 사실을 눈치챘는지 호시미야는 부끄럽다는 듯이 얼굴을 붉혔다.
"미, 미안해! 갑자기 이런 얘기 해서…… 나도 참, 부끄럽게."
"에이, 아냐, 오히려 더 친밀하게 느껴지는데? 의외의 일면을 봤네."
"이, 잊어달래두! 어휴, 나츠키도 진짜!"
호시미야가 귀엽게 화를 내길래 나는 "알았다 알았어." 하고 어깨를 으쓱였다.
마침 그때 현관으로 들어가 우리는 신발을 갈아신었다.
"아, 아무튼 아빠는 어떻게든 해볼 테니까!"
호시미야는 가슴 앞으로 주먹을 쥐어 보이곤 "힘낼게!" 하고 포즈로 보여주었다.
"나도 호시미야가 같이 갔으면 좋겠는데…… 무리는 하지 마. 여행 말고도 다 같이 놀 기회는 잔뜩 있으니까. 당일치기로 다른 곳에 가는 것도 괜찮겠고."
하룻밤 묵고 오는 게 아니라면 호시미야네 아버지도 허락해 주실지 모른다. 바다에서 마음껏 놀기엔 시간이 조금 부족하겠지만. 아무렴 여긴 바다 없는 지역, 군마니까.
"그래도 바다는 가고 싶다. 말을 꺼낸 건 나니까."
호시미야는 멍하니, 아득한 시선으로 중얼거렸다.
"……그렇게 바다가 좋아?"

"음~ 그러게. 예쁘고 시원해서 기분 좋고, 또…… 넓은 바다를 멍하니 보고 있으면 내 고민 같은 건 사소한 거구나~ 하는 생각이 들어서, 속이 후련해지거든."

무심코 입에서 흘러나온 듯한 말이 내 귀에 인상 깊게 남았다.

호시미야는 퍼뜩 정신을 차린 듯이 웃는 얼굴로 얼버무렸다.

"아, 아무튼 다른 곳이라도 괜찮아! 다 같이 가면, 어디든 즐거우니까!"

어름어름 넘기는 듯한 말이었지만, 그 또한 거짓말은 아닐 것이다.

"……알았어. 다 같이 이것저것 얘기해 보자. 어디 모여서."

"응, 라저!"

호시미야는 내 말에 척 경례하며 수긍해 보였다.

웅성웅성 시끄러운 복도를 빠져나가자 우리의 1학년 2반 교실이 눈앞에 보이기 시작했다.

"얘들아, 안녕!"

교실 문을 열자 슬슬 얼굴이 익숙해진 동급생들이 나른한 얼굴로 잡담을 나누고 있었다. 그런 교실의 분위기가 호시미야의 등장으로 화사하게 변한다.

반짝이는 듯한 웃는 얼굴로 모두에게 인사를 흩뿌리는 호시미야는 과연 그 영향력을 자각하고 있을까. 호시미야의 속마음이 나는 전혀 상상이 가질 않았다. 알 수가 없었다.

……사람은, 누구나 고민을 안고 있다.

그런 건 진작 안다고 생각했는데.

하지만 호시미야의 말을 들었을 때, 나는 의외라고 느꼈다.
그것은 내가 항상 주변에 밝게 웃어 보이는 호시미야 말고는 알지 못했기 때문이다.

——나는, 호시미야 히카리를 좋아한다.

그 외모를 보고 첫눈에 반했고, 그 다정함에 이끌렸다.
하지만 나는 호시미야를 잘 모른다. 분명 표면만을 본 것이리라.
그래서 호시미야를 더 알고 싶다고.
순수하게, 그렇게 생각했다.

*

같은 날 점심시간.
나는 모두를 학생 식당으로 불렀다. 목적은 여름 방학 계획 상담이다.
패밀리 레스토랑이나 카페에 모여 상담 모임을 열어볼까도 싶었지만, 모두 방과 후엔 동아리가 있고 여름 방학을 생각하면 돈도 괜한 곳에 쓸 순 없으니까.
"나츠키 말대로 슬슬 계획을 구체적으로 짜야겠지."
닭튀김 우동을 후루룩 입에 넣고 끝까지 삼킨 뒤 레이타가 입을 열었다.

"바다에 가고 싶단 얘기였지?"

생각났다는 듯이 말한 것은 우타였다.

그 앞에는 작은 체구에 어울리지 않는 커다란 쇼유 라멘이 있었다.

"……그렇다 쳐도 난 돈이 별로 없단 말이지."

카레 곱빼기를 우걱우걱 먹던 타츠야가 씁쓸한 얼굴로 말했다.

"여행 간다고 하면 타츠네 엄마가 내주거나 하진 않아?"

"뭐, 어느 정도는 줄지 몰라도 확실하질 않아서. 아니, 나도 가고 싶긴 한데."

역시나 가장 문제가 되는 건 돈인가.

"거꾸로 타츠야 말고는 문제없어?"

내가 묻자 모두가 고개를 끄덕였다.

"일단, 저금은 나름대로 해뒀거든." 하고 레이타가.

"난 집에서 간간이 알바해서!" 하고 우타가.

"난 하이바라처럼 알바를 꽤 하고 있어서 괜찮아." 하고 나나세가.

"나도 용돈 받은 거면 충분할 것 같아." 하고 호시미야가 말했다.

대강 나와 미오리의 예상대로인가. 그렇다면 문제는 타츠야뿐이다.

"실제로 얼마나 드냐? 하룻밤 묵고 오잔 얘기였지?"

타츠야가 지갑 안을 살피며 말했다. 무척 험상궂은 얼굴을 하고 있다.

"어디로 가서 어디에 묵을지에 따라 다른데, 대충 3만이면 충분하지 않을까?"

물론 저렴한 숙소가 전제지만. 교통비도 신칸센을 타면 제법 뼈아프거든.

"뭐, 그 정도가 현실적인 라인이겠지."

그렇게 나나세가 수긍하자 타츠야는 으~음…… 하고 미간을 좁히며 신음을 흘렸다.

"나도 다 같이 놀고 싶은 마음이야 가득한데……."

"어떻게든 해서 다 같이 가자! 여름에 가는 바다인걸! 분명 재밌을 거야!"

미묘한 태도를 보이는 타츠야를 우타가 열심히 설득한다.

그런 우타가 문득 무언가 생각났다는 듯이 눈을 반짝였다.

"맞다! 타츠, 여름 방학 중에 우리 가게 돕는 건 어때? 옛날에 가끔 했잖아!"

어리둥절하던 타츠야가 "……그러고 보니, 그랬던 적도 있었지." 하고 말했다.

"동아리 때문에 기본적으론 밤이 될 텐데 괜찮냐?"

"응! 우리 집 새 알바 뽑는 중이라 딱 좋을걸! 얘기해 볼게!"

우타는 이 이상 없을 만큼 밝게 웃어 보이며 타츠야에게 그렇게 말했다.

"동아리를 하는 타츠야가 알바를 새로 구하는 건 어려울 테니까 여름 방학 중에만 단기 집중으로 우타네를 돕는 건 확실히 좋은 아이디어일지도 모르겠다."

응, 하고 레이타가 냉정한 표정으로 말했다.

"타츠는 전에 몇 번 해본 적 있어서 익숙하니까 우리로서도 고맙지."

우타는 기쁜 듯이 웃으며 말했다.

확실히 윈윈이라 해야 할지 일석이조란 느낌인걸.

가까운 곳에 마침 좋은 해결책이 있었다.

이런 문제는 다 같이 얘기를 나누는 게 제일이구나.

……그래도 우타와 함께 타츠야가 아르바이트를 한다고 생각하니 마음이 술렁였다.

문득, 칠석 축젯날 밤이 뇌리를 스쳤다.

볼에 닿은 우타의 입술 감촉은 지금도 선명히 떠올릴 수 있다.

『……이게, 내 마음이야.』

나는 그 말에 아무런 대답도 하지 않았다.

우타가 아직 대답은 하지 말라고 한 것은 분명 내 망설임을 꿰뚫어 봤기 때문일 것이다.

즉, 나는 지금 우타의 다정함에 어리광을 부리는 상태이다.

그런 내가 우타와 타츠야에게 이런 감정을 품어도 될 리가 없다.

……알고 있다. 이것은 추악한 질투심이다. 나는 우타의 마음을 알고 그 대답을 보류해 두었으면서도 다른 남자와 친하게 지내지 말길 바라고 있었다.

이런 생각이 용납될 리가 없다.

나는 고개를 저어 내 생각을 뿌리치고 마음을 다잡듯이 이야기를 정리했다.

"그러면 돈 문제는 일단 괜찮을 것 같나?"

"그래도 그리 스케줄을 많이 넣을 수 있는 것도 아니라 빡센 건 변함없지만 말이지."

"그건 나도 똑같아. 되도록 저렴하게 끝낼 수 있게 계획해야지."

레이타는 그렇게 말하고 이야기를 일단락짓고는 다음 문제를 제시했다.

"그 전에, 일정이지. 다들 동아리나 다른 볼일이 있을 테니까 조정해야 해."

레이타의 말을 듣고 모두 스마트폰이나 수첩으로 일정을 확인했다.

아무래도 8월 6, 7일 무렵이 적당해 보인다.

그 밖에도 하루라면 사정이 괜찮은 날도 제법 있긴 한데, 역시 이틀 연속은 어려운걸.

백중 기간엔 동아리 팀의 일정이 비지만, 조부모 댁으로 귀성하는 사람도 많았다.

그러면 6, 7일로 확정이려나.

여담으로 모두가 언제 일정이 비는지 알게 된 것은 컸다.

여름 방학 숙제를 해치울 스터디 모임을 열 계획도 있으니까.

그리고 놀자고 부르기도 쉽다.

"일정은 확정했고…… 그러면, 나머지는 장소가 문제지."

레이타는 검색이라도 하고 있는지 스마트폰을 바라보며 고민스러운 표정으로 말했다.

좋은 생각이 떠오른 사람이 있다면 맡기려 했지만, 다들 무언가 생각이 있는 것은 아닌 모양이다. 그렇다면 나와 미오리가 생각한 후보를 몇 군데 제안해 보자.

"몇 가지 안이 있는데 우선 니이가타려나?"

스마트폰을 책상에 두고 현지 소개 페이지를 모두에게 보여주며 설명했다.

다들 내 스마트폰을 들여다봐 거리가 가까웠다.

특히나 옆자리의 호시미야와 어깨가 딱 달라붙을 정도로 가까워 아무래도 의식할 수밖에 없었다.

어쩐지 여자 특유의 좋은 향기도 나고.

크, 큰일이다…… 이대로 가다간 설명이 머리에서 날아가 버리겠어!

지금은 내가 대화의 중심이니 어떻게든 정신 줄을 잡아야…….

"와, 여기 엄청 예쁘다!"

"어, 어어. 실제로 가봤는데 좋은 곳이야."

그런 나와 호시미야의 모습을 우타가 조용히 바라보고 있었지만, 눈치 못 챈 척했다.

"응, 괜찮은 것 같은데? 군마에서 바다를 간다면 가장 가깝지."

영향력이 큰 레이타의 한마디가 있었고 따로 반대도 없었기에 나와 미오리가 정한 첫 번째 후보지로 이야기가 정리될 것 같았다. 우타도 "여기로 하자! 분명 재밌을 거야!" 라며 눈을 반짝였다.

"여기로 할 거면 묵을 곳도 후보가 몇 군데 있거든. 난 모처럼이니 코티지가 좋을 것 같은데…… 어때? 이런 느낌인데."

미오리와 찾은 코티지 소개 페이지를 보여주었다. 우타가 어리둥절해하며 고개를 살짝 갸웃거렸다.

"코티지?"

"말하자면 별장 대여 같은 거지. 집 한 채를 통째로 빌리는 느낌."

우타에게 사진을 보여주었다.

시골 산길에 목조 건물이 호젓이 서 있다. 시설은 부엌, 다이닝, 거실에 더해 넓은 테라스를 갖추었고 2층에는 개인실이 몇 개나 늘어서 있었다.

"아, 느낌 좋다!"

"오오, 테라스에서 바비큐도 할 수 있구나. 하자."

레이타가 소개 페이지를 보며 말하자, 타츠야가 와락 반응했다.

"뭐? 고기 먹을 수 있다고? 그럼 거기로."

"코티지에 묵을 거면 우리가 사서 우리가 구워야 하는데?"

"뭐 어때, 그것도 또…… 뭐냐, 운치? 가 있다고들 하잖냐."

나나세가 어이없다는 듯이 지적하자, 타츠야가 아리송하면서도 긍정적으로 대답했다.

"아하하! 타츠가 어려운 말 쓴다!"

"뭐가 재밌다고 그러는 거야?"

깔깔거리며 웃는 우타에게 뭐라 말하기 힘든 표정을 짓는 타츠야.
두 사람의 관계도 제법 원래대로 돌아온 것 같은걸.
"그래도 비싸지 않을까?"
나나세의 그런 지적에도 나는 제대로 대답을 준비해 놓았다.
"그게, 제법 싸더라고. 이게 1박 가격인데…… 여섯이 나누면, 봐."
계산기 앱을 열어 계산하자 "오오~." 하는 소리가 모두의 입에서 흘러나왔다.
"어쩐지 그냥 그 근처 호텔에 묵는 것보다 싸 보이는데?"
"내 생각도 그래. 언뜻 보기엔 비싸도 6명이 나누는 거잖아. 인원이 더 많아지면 더 싸지겠지만 말야. 크기로 보면 8, 9명 정도가 한계려나?"
바비큐도 할 수 있고 공간도 널찍해서 지내기 편해 보인다. 대신 식사나 목욕 같은 건 알아서 준비해야만 하지만, 1박이니 그리 수고롭진 않겠지.
그런 설명을 하자 다들 느낌이 좋았다.
"고마워, 나츠. 많이 생각해 줬구나?"
우타가 조용히 말하곤 부드럽게 표정을 풀었다.
"그야 내가 가장 한가하잖아. 적당히 관광 사이트 둘러본 게 다야."
그렇게 어깨를 으쓱이자, 타츠야가 팔짱을 끼며 말했다.
"역시 나츠키야. 머리 좋은 네가 생각한 거잖냐. 그냥 이대로 가자고."

"응, 대충 나츠키 계획으로 문제없을 것 같은걸."

타츠야와 레이타의 말을 듣고 나는 슬며시 안도의 한숨을 내쉬었다.

미오리와 밤늦게까지 숙고한 보람이 있었던 셈이다.

"그보다 그래서 더 싸지면 다른 사람도 불러도 되는 거 아니냐?"

"그러게! 많을수록 재밌을 것 같아!"

자금 문제를 고려한 타츠야의 아이디어에 우타도 다른 이유로 찬성했다.

"맞는 말이긴 한데 이 멤버에 섞이면 조금 불편하진 않을까?"

나나세가 걱정스러운 표정으로 반대 의견을 내세웠다.

"그런가? 같은 반이면 따로 문제는 없을 것 같은데?"

그러자 우타는 어리둥절한 모습으로 고개를 살짝 갸웃거렸다.

그야 우타는 우리 말고 다른 그룹과도 허물없이 지내니까.

우타만이 아니라 나를 제외한 다른 사람들은 그런 경향이 있지.

"그렇다 해도 평소에 우린 이렇게 여섯이서 있으니까 여기에 한 사람만 추가되면, 확실히 좀 껄끄러워할지도 모르겠다. 상대도 몇 명 그룹이면 몰라도."

레이타가 고민스러운 얼굴로 말했다.

나도 같은 의견이라 원호하듯이 끼어들었다.

"거꾸로, 누구 후보 있어?"

그렇다, 지금 당장은 구체적인 후보자가 없었다.

누군가 후보자가 있다면 생각해 볼 수도 있겠지만, 없다면 억지로 권유할 필요는 없다.

소거법을 거쳐서 부른들 상대가 불쾌해할 것이다.

내 목적은 이 여름 이벤트를 최대한 즐기는 것이다.

억지로 인원을 늘리지 않아도 나는 이 여섯 명만으로도 충분하다고 생각한다.

"우리 모두와 어느 정도 친하고, 부르면 따라올 법한 녀석……이라."

타츠야는 전제 조건을 늘어놓았지만, 내 예상대로 떠오르는 사람이 없어 보였다.

하지만, 여기서 내 예상을 벗어난 발언이 나왔다.

"나, 미오링이랑 세리라면 같이 가고 싶어!"

우타의 한마디였다. 미오링은 미오리를 말하는 것이겠지. 근데 세리는 누구지?

"아, 그러게! 그 두 사람이라면 우리랑도 친하지!"

우타의 말을 거든 건 호시미야였다.

지금까지 말수가 적어서 신경 쓰였는데, 그 목소리에 그늘은 보이지 않았다.

……그냥 조용히 있었을 뿐, 특별한 이유는 없었나?

그보다, 우리와도 친하다니 뭔 소리래? 난 그 세리란 애를 모르는데?

"나도 찬성이야. 미오리네가 같이 가면 분명 재미있을 것 같은걸.”

레이타는 내게 힐끗 시선을 보내고 부드러운 미소를 지으며 대답했다.

그 시선의 의미는 나라도 안다.

분명 동조해 주길 바란다는 의사 표시일 것이다.

나는 레이타가 미오리를 의식하고 있단 걸 알고 있다.

레이타로선 여기서 미오리가 와 주면 거리를 좁힐 절호의 기회라고 생각하고 있는 게 아닐까.

……아니, 그렇게 억측할 것 없이 그냥 함께 놀고 싶은 걸지도 모르겠는걸.

분명 재미있을 것 같다는 레이타의 말이 거짓말처럼 들리진 않았다.

“그렇단 건 비용도 8등분이지? 오, 꽤 싸지잖아. 부르자고.”

여전히 돈에 대한 것만 신경 쓰는 타츠야는 스마트폰의 계산기 앱으로 비용을 계산하더니 희색이 가득한 얼굴로 제안했다. 뭐랄까, 말 그대로 타산적인 녀석이다.

“미오리라면 하이바라랑 소꿉친구이기도 하니까 그야말로 딱 아닐까?”

나나세의 말에 모두가 고개를 끄덕였다.

아니, 가장 큰 문제를 무시했는데?

“저기…… 세리가 누구야?”

내가 근본적인 질문을 꺼내자, 모두가 놀란 듯이 눈을 깜빡였다.

……어? 왜 그렇게 아는 게 당연하다는 듯한 분위기인데?
그냥 별명이라 못 알아들었나?
아니, 그래도 짚이는 사람이 없는데…….
"어라? 나츠는 세리랑 접점이 없었던가?"
우타가 의외라는 듯이 묻는다.
내가 반응하기 전에 레이타가 문득 입을 열었다.
"그러게, 나츠키만 없을지도 모르겠다. ……아니, 카페에서 스터디 모임 할 때 만난 적은 있을 텐데, 그때는 별로 대화를 나누진 않았으니까."
그 말에 기억이 되살아났다.
……아아, 미오리 정면 자리에 앉아있던 금발에 갸루 같은 여자애 말이구나.
"그러고 보니 미오리한테 몇 번 들은 적이 있었지. 미오리랑 친한 건 알아."
아마 이름이 세리카였던가. 아하, 세리카라서 세리로군.
"거꾸로 다들 그 세리카란 애랑 친해?"
내가 묻자 다들 순간 얼굴을 마주 보더니 나나세가 대답했다.
"나랑 히카리는 같은 중학교 출신이야."
"나랑 타츠야는 같은 초등학교 출신이기도 하지."
우타는 다르지만 하고 레이타가 말을 이었다.
그, 그렇군. 그렇게 연결되어 있을 줄은 예상 못 했다…….
"미오링이랑 친해서 요즘은 나도 자주 얘기하거든~."
즉, 나 말고 모두 세리카란 사람과 나름대로 친하단 거구나…….

그리고 미오리와 세리카 두 사람이 친하다면 확실히 부를 상대로선 완벽하다.

"나츠키가 얘기해 본 적 없으면 그만두는 게 좋으려나?"

레이타가 신경을 써주듯이 그렇게 제안했다.

"아니……."

나는 반사적으로 고개를 저었다.

레이타는 미오리와 함께 가고 싶을 터이다.

그리고 나 자신도 미오리와 함께 놀면 재미있으리라 생각했다.

그를 위해서라면 얘기해 본 적 없는 상대가 한 사람 있더라도 분명 거뜬할 것이다.

오히려 교우 관계를 넓힐 좋은 기회라고도 생각할 수 있었다.

"——괜찮아. 부르자."

어젯밤, 미오리와 나눈 대화가 뇌리를 스쳤다.

『아니면, 뭔데? 내가 같이 안 있어 주면 불안해?』

『……아니, 그냥 너도 같이 가는 게 더 재밌을 것 같아서.』

함께 가지 않겠냐고 권유한 내게 미오리는 고개를 저었다. 하지만 세리카라는 두 번째 이유가 생겼고, 무엇보다 모두가 함께 가고 싶다고 제안하고 있었다. 그렇다면, 분명…….

"나츠키가 괜찮으면 우선 불러 보자. 거절하면 어쩔 수 없겠지만 말야."

"두 사람은 조만간 내가 부를게. 나중에 RINE으로 보고하고."

호시미야가 찬성하는 말을 보탰고 레이타가 그렇게 결론지었다.

그다음 세세하게 상담을 나누며 조정하고 있자, 문득 호시미야가 말했다.

"저기…… 실은 나, 아직 이 여행을 아빠한테 허락을 못 받아서……."

지금까지와 정반대로 어두운 목소리였다.

"어쩌면 못 갈지도 몰라. 미안해."

다들 어렴풋이 눈치채고 있었거나, 나처럼 나나세에게 들었을 것이다.

자리에 놀라움은 없었다. 하지만 조금 분위기가 가라앉았다. 뭐라 대답해야 좋을지 내가 말을 찾고 있자, 먼저 분위기를 바꾸겠다는 듯이 우타가 밝은 목소리로 말했다.

"집안 사정은 어쩔 수 없지. 물론 난 히카링이랑 같이 가고 싶지만!"

이어서 입을 연 것은 무려 타츠야였다.

"어떻게든 안 되냐? 역시 호시미야가 없으면 재미가 줄잖냐."

타츠야가 호시미야에게 그런 식으로 말하다니, 솔직히 의외였다.

다들 같은 마음이었는지 얼굴을 마주 보았고 호시미야는 눈을 깜빡거렸다.

"뭐, 뭔데? 내가 이런 말 하는 게 그렇게 이상하냐?"

"아, 아니, 아, 안 그래! 기쁜, 걸? 고, 고마워!"

서둘러 부정했지만, 동요하는 모습을 대놓고 드러내는 호시미야.

"호시미야, 너무 동요했다."

그런 호시미야의 모습이 웃음보를 건드렸는지 레이타가 배를 잡고 웃었다.

타츠야는 미묘한 표정으로 날 바라봤지만, 날 바라본들 어쩌란 건지.

"아, 아무튼 어떻게든 갈 수 있게 애써볼게!"

"나도 히카리 도와줄게. 조만간 알려줄 테니 조금만 기다려줄래?"

호시미야의 머리를 쓰다듬으며 나나세가 말했다.

모두가 밝은 모습으로 고개를 끄덕이자, 점심시간의 끝을 알리는 종소리가 울렸다.

*

그리고 며칠 뒤.

레이타는 미오리와 세리카를 불렀고 흔쾌히 승낙했다는 모양이다.

편의상 세리카라고 부르고 있었지만, 풀 네임은 혼도 세리카라고 한다.

앞으로는 혼도라고 불러야겠지.

언제 기회를 봐서 자기소개 정도는 해두고 싶은걸.

그리고 호시미야는 나나세의 조력을 구해 아버지의 설득에 성공했다는 모양이다.

모두가 있는 그룹 채팅방에 그런 보고가 올라왔다. 일단은 한시름 놓았다.

"야."

"끄엑."

조회가 시작되기 전, 복도를 걷고 있는데 갑자기 뒤로 잡아 당겨졌다.

와이셔츠의 옷깃 뒷덜미를 붙잡힌 모양이다. 내게 이런 짓을 하는 건 미오리뿐이다.

"뭐야, 왜 이래?"

"네가 말한 거야?"

질문에 질문으로 답하지 마. 애당초 주어가 없잖냐. 전해졌으니 상관이야 없다만.

"아니. 말을 꺼낸 건 우타랑 레이타야. 그래서 다들 미오리네랑 같이 가고 싶다고 너 나 할 것 없이 말을 꺼냈거든. 뭐, 너랑 친한 혼도가 나 말고 다른 사람들이랑 친한 것도 이유겠지만."

"그건 세리카한테도 들었는데……."

미오리는 어쩐지 납득이 가지 않는다는 모습이었다.

"승낙한 거 아니었어?"

"그건 세리카도 내켜 했고 거절할 이유도 없었으니까……."

"그럼 아무 문제도 없잖냐. 나도 너랑 같이 놀 수 있으니 일석이조지."

미오리가 어쩐지 미묘한 표정을 짓고 있는 것을 이해할 수 없었다.

묘하게 불만스러워하는 미오리는 무슨 일인지 까치발로 딛고 서더니 내 볼을 꼬집었다.

"아프잖아."

그보다 복도에서 이런 짓 하고 있으면 사귄다고 착각 당한다?

실제로 지금도 몇 명이 목격 중이다.

"그보다, 다른 사람들은 친해도 넌 세리카랑 접점이 없잖아."

"그렇긴 한데…… 뭐, 새 친구를 사귈 기회라고 생각하면 되잖아."

자기 입으로 말해놓고 이런 말 하긴 그렇지만, 참 나답지 않은 생각이다.

지금은 어느 정도 괜찮아졌지만, 근본이 아싸인 점은 변함이 없다.

그룹 안에서 가장 친구가 적은 것은 틀림없을 것이다.

새로운 교우 관계에는 기본적으로 쉽게 나서지 못하니까.

그렇다곤 하지만, 언제까지고 여섯 명만의 세계에 틀어박혀 있는 것이 이상적인 청춘이라곤 생각할 수 없었다.

조금이라도 용기를 내서 세계를 넓혀야 한다고 생각한다.

"……그래? 뭐, 네가 괜찮다면야 상관은 없는데."

미오리는 내 얼굴을 빤히 바라보고 중얼거리더니 이야기는 끝났다는 듯이 등을 돌렸다.

"안녕, 미오리."

마침 그때 걸려 온 말에 우리는 동시에 돌아보았다.
호랑이도 제 말 하면 온다더니.
화제의 주인공인 혼도가 살랑살랑 손을 흔들고 있었다.
"아, 세리카. 안녕~."
미오리는 무척이나 평범하게 인사를 돌려줬지만, 나는 어떻게 해야 할까.
미오리를 통해 서로 이름 정도는 알고 있을 텐데 직접 얘기한 적은 없었다.
인사할 만한 사이는 아니라고 생각했지만, 이미 함께 여행에 가는 건 확정됐다.
게다가 인사를 나눈 미오리가 옆에 있는데 아무 말도 안 하는 것도 부자연스럽지 않나?
그렇게 아싸다운 생각이 머릿속을 맴도는 내게 세리카가 시선을 향해왔다.
"안녕, 하이바라."
"……그래, 안녕."
극히 평범한 인사였다.
그, 그치. 평범하게 인사하면 그만이지…….
대체 나는 뭘 망설이고 있던 거야……?
알 수 없는 패배감을 맛보는 날 내버려 두고 미오리와 혼도는 잡담을 나누었다.
그리고 두 사람이 나를 바라보았다.
"하이바라도 그 여행 같이 가지?"

"맞아~. 뭐, 나쁜 녀석은 아니니까 친하게 지내줘."
"잘 부탁해, 하이바라."
"어, 어어. 잘 부탁해, 혼도."
혼도의 말에 나는 고개를 끄덕였다.
"그럼 난 교실 갈게."
혼도는 담담히 그렇게 말하고 교실 안으로 들어갔다.
……휴우, 어째 묘하게 긴장했다.
안도의 한숨을 내쉬는 날 보고 미오리가 쓴웃음을 지었다.
"세리카, 기분이 가라앉아 있는데 항상 저런 느낌이니까. 신경 안 써도 돼."
"그래? 아침이라서 그런 게 아니야?"
나나세도 아침엔 죽을 듯한 낯빛으로 기분이 가라앉아 있어서 그런 사람인 줄 알았다.
"응. 그래서 막 살갑게 안 굴 거야. 모처럼 귀여운데."
아깝지 하고 미오리가 입술을 비죽거리며 말했다.
확실히, 듣고 보니 생김새는 무척 아름다웠지만, 표정의 변화는 적은 사람이었다.
갸루 같은 건 그냥 그렇게만 꾸민 건가?
"친해질 수 있을 것 같아?"
"걱정 안 해도 되지 않을까? 저 애는 그다지 사람을 가려 사귀진 않으니까. 거기다 낯을 가리지도 않고. 저래 보여도 분위기는 꽤 잘 타."
"아니, 내가 낯을 가리는데요……."

"그건 네가 알아서 해야지. 새 친구를 사귈 기회 아니었어?"

"막상 본인이랑 얘기하니까 갑자기 자신이 사라졌어……."

"너 진짜……."

미오리가 어이없다는 듯이 이마를 짚은 타이밍에 조회 시간을 알리는 종소리가 울렸다.

정신을 차리니 이미 복도에는 우리 두 사람밖에 없었다.

"아, 어떡해! 가야겠다. 그럼 또 봐."

"어~ 또 보자."

서둘러 교실로 돌아가는 미오리를 보고서 나도 그 옆 교실 문을 열었다.

"늦었네, 나츠키."

"여행 때문에 미오리랑 얘기하고 있었어."

레이타의 질문에 대답하며 자리에 앉았다.

마침 그때 담임 선생님이 등장했다.

"자, 이제 내일부터 여름 방학인데 우리 학교 학생으로서 제대로 자각하고 행동하도록 해라. 그리고 여름 방학 숙제가 많이 나왔을 텐데, 매일 꾸준히 하면 당연히 끝낼 수 있는 양이야. 절대 미루지 말고. 알겠냐, 쉰다고 해도——."

담임 선생님은 마음을 다잡아주려 한 말이겠지만, 교실의 분위기는 붕 떴다.

주절주절 규칙이니 뭐니 담임 선생님이 얘기하고 있었지만, 동급생들은 작은 목소리로 잡담하거나 서로 웃음을 나누고 있었다. 그런 교실의 모습을 바라보다가 호시미야와 시선이 맞았다.

호시미야는 황급히 시선을 피했지만, 무슨 일인지 다시 한번 날 바라보았다.

그리곤 입만 뻐끔거려 "기대되지."라고 말하고 표정을 풀었다.

……허어??

뭐 하는 거야. 너무 귀엽잖아.

함부로 내 마음을 움켜쥐려 하지 말라고.

"좋아, 그러면 바르게 행동하도록 조심하고."

내가 마음속의 동요를 가라앉히고 있자, 조회 시간을 마치는 종소리가 울렸다.

몇 번이고 같은 소리를 반복하던 담임 선생님은 그제야 입을 닫았다.

여전히 말이 긴 사람이다. 어차피 오늘은 종업식을 하며 교장 선생님의 길어 터진 이야기를 찜통 같은 체육관에서 듣는 꼴이 될 테니 조회 정도는 짧게 끝내주길 바랐건만.

담임 선생님이 나가는 것과 동시에 교실은 다시 소란스러워졌다. 화제는 주로 여름 방학이었다.

다 같이 수영장에 놀러 가자든가, 불꽃축제가 기대된다든가, 친구 집에서 대난투 대회를 열겠다든가, 해외로 가족여행을 간다든가, 숙제 양이 너무 많다든가, 매일 동아리에 가야 해서 쉬는 날이 필요하다든가, 불평도 섞여 있었지만, 다들 기분이 들뜬 것만은 공통적이었다.

창문 밖에서 찬란히 빛나는 햇살이 드리운다.

에어컨을 틀어놓은 것이 분명한 실내에서도 피부가 타는 듯한 감각이 느껴졌다.

1학기 종업식.

오늘도 기온은 30도를 넘는다고 한다.

——내일부터 여름 방학이다.

▶ 제2장 네 꿈과 비밀스러운 관계

꿈과 희망으로 가득한 여름 방학에 돌입했다.

……분명 그랬는데, 초반 일주일은 별다른 일정이 없었다.

당연히 아르바이트는 거의 매일 스케줄을 넣었지만, 그것만으론 시간을 때울 수 없었다.

더 놀 약속을 잡을 걸 그랬나.

그래도 근본이 외톨이 오타쿠라 혼자서도 쾌적하게 지내는 능력만은 뛰어났다.

원하던 청춘의 모습과는 다르지만, 나름대로 충실한 나날을 보내고 있었다.

오늘도 어김없이 아침이 찾아왔다. 나는 아침 식사를 마치고 바다를 대비해 복근에 중점을 둔 근력 운동 메뉴를 마친 뒤 러닝을 했다. 낮보다 기온은 낮아도 한여름인 것에는 변함이 없다. 일사병에 걸리지 않도록 적당한 거리에서 러닝을 마치고 집으로 돌아와 샤워를 하며 땀을 씻어냈다.

그 뒤로는 자유 시간이었다.

호시미야가 추천한 소설을 읽거나, 대여점에서 빌려온 영화를 보거나, 적당히 유튜브를 뒤지며 눈에 띈 영상을 보거나 하며 오전 중을 보냈다.

점심은 내가 만들었다. 부모님은 맞벌이고 특히 아빠는 직장에서 먼 곳으로 발령이 났기에 집에 있는 건 여름 방학 중에는 나와 나미카뿐이었다. 나미카에게 맡겨도 컵라면밖에 만들 줄 몰라 내가 할 수밖에 없었다. 슈퍼에서 도시락을 사 와도 그만이었지만, 그럴 바에야 내가 만드는 게 싸고 맛있단 말이지. 이 더운 날씨엔 장을 본다는 이유만으로 밖에 나가는 것도 번거롭다.

"고마워, 오빠. 맛있어 보이네."

"누가 먹으라 그랬어, 누가."

"그래도 두 사람 몫이잖아."

"너한텐 요리한 사람에 대한 감사의 마음이 없어."

"그래서 처음에 고맙다고 말했거든?"

내가 만든 요리를 멋대로 먹기 시작한 나미카에게 쓴소리를 했지만, 전혀 들어먹질 않는다. 매일 이런 식이다. 그리고 나미카는 식사를 마치자, 재빨리 놀러 가버렸다.

"여동생이 오빠를 안 챙겨줘……."

훌쩍훌쩍 한탄하며 아르바이트에 갈 준비를 했다.

오후에는 기본적으로 아르바이트를 하러 갔다.

찜통 같은 더위 속에서 전철에 올라 카페 마레스로 향한다.

평소에는 학교에서 돌아오는 길이라 문제없었지만, 휴일에 집에서 향할 때는 솔직히 멀다고 느꼈다. 아르바이트 선택을 실수했나…….

"안녕, 하이바라."

——그런 나의 부정적인 사고는 나나세의 등장으로 완벽하게 부정당했다.

"왜 그래?"

"아무것도 아냐. 나나세도 오늘 스케줄 넣었구나."

아르바이트를 하는 가게에 나나세가 있다. 그것만으로 오늘도 힘낼 수 있을 것 같았다.

"——응. 오늘도 잘 부탁해."

나나세가 날 보고 미소 짓는다. 경솔하게 웃는 얼굴을 향하지 말아 줄래? 이러다 반한다?

음. 역시 나나세는 힐링이야. 나나세만이 내 구원이다. 오늘도 고마워.

내가 나나세에게 기도하며 '팬심'을 달구고 있자, 키리시마 씨가 귀를 붙잡았다.

"멍때리지 말고 빨리 준비해 주면 안 될까?"

"죄송합니다……."

아무래도 기도를 올리고 있었다는 영문 모를 소릴 할 수도 없어서 얌전히 사과하고 유니폼으로 갈아입은 뒤 출퇴근 카드를 꽂았다.

앞으로 있을 학교생활에 돈은 많으면 많을수록 좋을 것이다.

자금이 부족하단 이유로 청춘 찬스를 놓칠 순 없다.

즉, 아르바이트는 최고의 청춘을 만들 수단인 것이다!

결코 할 일이 없어서 아르바이트를 하고 있는 것이 아니다. 그럼.

“하이바라, 잠깐 괜찮니.”

내가 필사적으로 자신을 납득시키며 설거지를 하고 있는데 나나세가 말을 걸어왔다.

홀 업무가 일단락된 모양이다.

나나세는 물을 한 모금 마시더니 휴우 하고 숨을 뱉었다.

나나세가 있다는 사실을 제외하더라도 실제로 이 아르바이트는 나름대로 즐거웠다.

주방 일은 좋아했고 키리시마 씨나 다른 아르바이트 동료와도 친하게 지내고 있었다.

그래서 당장은 그리 불만이 없었다.

굳이 말하자면 호시미야와 전혀 만날 수 없는 것이 그저 쓸쓸한 정도다.

아니, 아직 일주일도 안 지났지만.

학교에 갈 때는 매일 만나서 그렇게 느껴지는 건가?

……우타의 얼굴도 뇌리를 스친다.

우타도 보고 싶은걸.

자연스레 그리 생각하게 되고 말았다.

이런 어중간한 자세로는 호시미야에게 대시하는 것도, 날 돌아보게 만들겠다고 선언한 우타와 사귀는 것도 모두 불성실하다고 생각한다. 알고는 있다.

“듣고 있어?”

나나세가 내 볼을 손가락으로 찔렀다.

그렇게 함부로 만지지 말아 줄래? 마성의 여자 같으니라고……

이러다 반한다?

아니, 아니지. 나나세한테까지 반하면 내 마음속은 혼돈에 빠진다.

안 그래도 고민거리가 늘어났으니 좀 봐줬으면 좋겠다.

농담은 둘째치고 아무래도 생각에 빠진 나머지 나나세의 이야기를 무시하고 있던 모양이다.

"미안 미안, 멍때렸네. 무슨 얘기더라?"

"딱히, 별 얘긴 아닌데."

그렇게 나나세는 서두를 떼고 물었다.

"하이바라는 알바 끝나고 시간 되니?"

아마도 오늘은 오후 7시에 퇴근이던가.

나나세도 나와 같은 스케줄일 테니 특별히 문제는 없을 것이다.

"어어. 오늘은 괜찮아."

그렇게 대답하자 나나세는 조금 안심한 듯한 표정을 지었다.

"근처 쇼핑몰에 가려고 하는데 같이 어때?"

"쇼핑몰? 물론, 얼마든지 괜찮은데."

카페 마레스에서 도보로 10분 정도 거리에는 지역 최대급 쇼핑몰이 있다.

어디서 놀지 난감할 때 요긴한 곳이었으며 평소에도 편리하게 이용할 수 있는 곳이지만, 나나세가 쇼핑몰에 가고 싶다고 말을 꺼낸 것은 이번이 처음이다. 지금까지 학교에서 아르바이트를 하러 가기 전이나 아르바이트를 마치고 돌아오는 길에 크레이프 가게나 음반 샵에 끌려갔던 적은 있었지만.

"뭐 사고 싶은 거라도 있어?"
"이번에 바다에 가잖아. 필요한 걸 사고 싶어서."
"아아, 그러게, 슬슬 준비해 놔야겠구나."
아직 날짜는 멀어서 생각하고 있지 않았지만, 나도 필요한 것을 사두어야 하는 건 맞는 말이니 마침 잘됐는걸. 게다가 나나세와 함께 쇼핑할 수 있다니, 불타오른다.
"좋았어, 가자 가자!"
가벼운 태도를 의식하며 대답하자 나나세가 작게 웃었다.
"그럼, 이따 봐."
홀 업무로 돌아간 나나세의 발걸음은 생각 탓인지 가벼워 보였다.

*

밖으로 나오자, 저녁매미가 울고 있었다. 오후 7시를 지났지만, 아직 해가 완전히 지지 않았다. 구름이 노을빛으로 물들고 있다. 지금 당장에라도 어둠이 내려올 것 같은 하늘이었다.
"선선해졌네."
옆을 걷는 나나세가 반가운 듯한 목소리로 말했다.
"계속 이 정도 온도라면 지내기 편할 텐데 말이지."
"그러게. 낮에는 알바 하러 가기만 하는데도 죽는 줄 알았어."
낮의 더위를 떠올렸는지 나나세는 지긋지긋하다는 듯한 표정을 짓고 고개를 떨궜다.

그런 나나세는 심플한 하얀색 티셔츠에 검은색 플리츠 스커트를 입었다.
아르바이트 유니폼도 잘 어울리지만, 여전히 사복 차림도 귀엽다.
여름 방학이 아니었다면 사복을 볼 수 없었다. 눈이 무척 호강한다.
"구체적으로 뭐 사고 싶은 거라도 있어?"
"음~ 선크림이나 모자나 비치백이나……."
보조를 맞춰 옆을 걸었다.
난 혼자 걸을 때 남들보다 속도가 빠르다.
그래서 친구와 함께 걸을 때는 의식해서 속도를 늦춰야 했다.
그 여섯 명 중 나나세와는 가장 함께 있는 시간이 길었다. 그래서 이렇게 다소는 배려도 할 수 있게 됐고, 별달리 긴장하지 않고 얘기도 나눌 수 있게 됐다.
"그거랑 그냥, 여름옷도 좀 보고 싶네."
내가 여자애랑 같이 있는데 긴장하지 않게 되다니, 옛날의 나라면 믿지 않았겠지.
"나머지는…… 수영복이려나."
나나세는 생각났다는 듯이 말했다.
나……나나세의 수영복?!
그걸 지금부터 고른다구요?!
그, 그래~……. 흐~음, 그렇군요.
어쩐지 갑자기 긴장되기 시작하는걸. 아예 손까지 떨리기 시작했다(?).

“수영복도 고르고 싶은데…… 이상한 눈으로 보면 안 된다?”

“무, 물론이지. 아니, 나도 고르고 싶던 참이라~.”

높아진 내 목소리를 듣고 무엇을 느꼈는지, 나나세는 조금 불만스러운 표정으로 날 노려보고 내 어깨를 자기 어깨로 살짝 밀쳤다. 이거, 혹시 저, 신용이 없나요?

쇼핑몰에 들어가자 단숨에 시원해졌다.

에어컨을 너무 세게 틀어놓아 오히려 약간 춥기까지 한걸.

저녁 시간대라 그런지 식당가에 사람들이 모여있다.

여름 방학 기간이라 그런지 아이를 동반한 손님이 많은 것처럼 느껴진다.

우리 같은 사복 차림의 남녀도 간간이 오갔다.

“저쪽 슈퍼 들르자.”

생각 탓인지 잔뜩 들뜬 모습의 나나세를 얌전히 따라갔다.

쇼핑 중인 여자를 거스르면 좋은 꼴을 못 본다.

절대로 “왜 이리 오래 걸려?”라든가 “슬슬 가지?” 같은 소릴 해선 안 된다.

나는 그것을 나미카와 엄마를 통해 배웠다.

슈퍼에서 함께 여러 물건을 산 뒤, 옷 가게로 들어가 모자나 샌들, 여름옷, 비치백을 고르는 나나세. 그러며 바다와는 상관없는 것까지 겸사겸사 고르는 것 같았지만…… 뭐, 나나세가 즐거워 보이는데 무슨 문제랴.

"저거 안 사도 돼?"

나나세가 관심을 가지던 여름옷을 사지 않고 가게를 나오길래 그렇게 물었다.

"돈이 무한정 있는 게 아니니까. 오늘은 바다에서 필요한 게 우선이고…… 일단 보류야. 응. 역시 보면서 돌아다니면 괜히 사고 싶어지는구나…… 안 좋은걸."

어쩐지 아쉬워하는 듯한 나나세가 마지막으로 방문한 곳은 수영복 코너였다.

갑자기 긴장감이 높아진 나에 반해 나나세는 무척이나 태연하게 수영복을 고르고 있었다.

같은 반 미소녀의 수영복 정도로 긴장하는 내가 이상한 건가……?

"이런 건 어떨까?"

나나세는 늘어선 수영복 중에서 한 벌을 꺼내더니 시험 삼아 자기 몸에 대고 있다.

심플한 디자인의 삼각 비키니였다.

지금은 옷 위에 대고 있지만…… 나나세가 그것을 입고 있는 모습을 상상하니…….

"………….."

내가 조용히 있자, 나나세는 어리둥절하며 고개를 살짝 갸웃거렸다.

그리고 다시 자신의 수영복을 돌아봤고 서서히 그 얼굴을 붉게 물들였다.

"이, 이상한 눈으로 보지 말라고, 말했지……?"
"아, 안 봤어! 안 봤어!"
"그, 그래……."
나나세는 이제 와서 부끄럽다는 사실을 깨달았는지 침착지 못한 모습으로 말했다.
"여, 역시 나, 혼자 고를게…… 하이바라도 자기 수영복 고르고 있어……."
"어, 어어…… 그게 무난하지……?"
"으, 응. 냉정하게 생각하니 어째 우타한테도 미안한 것 같고……."
나나세는 그런 식으로 말하고 수영복 코너의 여성복 구역으로 종종종 떠나갔다.
각자 따로따로 찾는다는 가장 무난한 결론에 도달해 다행이었다.
결코 아쉽다곤 생각하지 않았다.
당연하지. 내가 그런 생각을 할 리가 없다.

서로 수영복을 산 뒤 가게 앞에서 합류했다.
"어떤 거 샀어?"
아무 생각 없이 물어보고 나서 생각이 들었는데, 너무 막 궁금해하는 것 같아서 징그럽나?
아니, 그래도 수영복을 산 다음에 나누는 대화로선 자연스럽지…….

“그냥, 평범한 수영복이야.”

“그야 평범하지 않은 수영복이었다면 놀라긴 하겠는데.”

“어차피 바다에 가면 알게 될 테니까, 몰라도 되잖아?”

“그건 확실히 그렇네.”

“너는?”

“어차피 바다에 가면 알게 될 거 아냐.”

나나세가 한 말로 똑같이 대답하자 조금 불만스러운 듯이 입술을 비죽였다.

“미안하다니까. 그래도 실제로 남자 수영복은 모양도 정해져 있어서 크게 다를 게 없잖아.”

산 수영복이 들어있는 비닐봉지 안을 보여주며 말하자, 나나세는 빤히 그것을 바라본 뒤 “흐음.” 하고 중얼거리곤 고개를 돌렸다. 아니, 관심도 없는 거였냐.

“어?”

그리고 나나세는 놀란 듯이 눈을 동그랗게 떴다.

이끌려 나도 나나세가 바라보던 방향으로 시선을 향하자, 그곳에 있던 것은――.

“어라? 유이노랑 나츠키?”

――꽃무늬 원피스를 입은 호시미야 히카리였다.

“와아, 오랜만이다~.”

호시미야가 부드러운 미소를 지으며 종종종 우리 쪽으로 걸어왔다.

오랜만에 보는 호시미야는 낯선 사복 차림도 더해져 귀여웠다.

하지만 왠지 모르게 위화감이 들었다.
왜냐하면 처음에 본 순간, 호시미야가 이상하게 어두운 표정을 짓고 있었기 때문이다.
그것이 우리를 눈치챈 순간부터 갑자기 평소처럼 웃는 얼굴로 바뀌었다.
"둘이서 뭐 했어? 아, 알바하고 오는 길?"
"응. 바다에 대비해서 필요한 걸 좀 사둘까 해서."
"와아, 좋다 좋다! 어떤 거 샀어?"
나나세가 산 스킨 케어 상품들을 호시미야가 무척 즐겁게 바라보고 있다.
"호시미야는 여기서 뭐 해?"
타이밍을 재다가 물어보자 호시미야는 말하기 껄끄럽다는 듯이 말을 흐렸다.
"저기, 실은 아빠랑 같이 와서……."
호시미야가 그렇게 말했을 때 뒤에서 다가오는 발소리를 깨달았다.
"——히카리, 친구니?"
부드러운 목소리가 귀에 닿는다.
돌아보자, 그곳에는 장신의 남성이 있었다.
단정한 이목구비에 양복을 입은 점까지 더해져 이지적인 인상을 준다.
"안녕, 히카리 아버지인 호시미야 세이다. 유이노는 오랜만이구나."

호시미야네 아버지라 하면 나름대로 나이가 있을 텐데 무척 젊어 보인다.

입가에는 다정해 보이는 미소를 띠었으며 유능한 사회인이란 인상을 주는 외모였다.

아니 그보다, 어째, 어디서 본 것 같은데……?

"오랜만에 봬요, 세이 아저씨."

나나세는 꾸벅 고개를 숙였다. 그러고 보니 호시미야네 아버지와 이미 아는 사이라고 했었지.

호시미야네 아버지의 시선이 이쪽을 향해 황급히 나도 자기소개를 하며 고개를 숙였다.

"저기, 따님께 항상 신세 지고 있습니다, 하이바라 나츠키라고 합니다."

그러자 호시미야네 아버지—— 세이 씨는 놀란 듯이 눈을 깜빡였다.

"아아, 네가 나츠키구나. 히카리한테 얘기 자주 들었다."

"어? 정말요?"

호시미야가 집에서 내 얘기를 한다고……?!

"한번 만나보고 싶었지. 마침 잘 됐군, 지금부터 잠깐 얘기를——."

"——자, 잠깐만! 그런 거 하지 마!"

얼굴을 붉힌 호시미야가 세이 씨의 팔을 당기며 이야기를 끝내려 했다.

"뭐냐, 히카리. 난 그냥 조금 궁금해서——."

"그, 그럼 둘 다! 또 놀자! 난 갈게!"

호시미야가 세이 씨의 등을 억지로 밀어 이동시키며 우리에게 작별을 고했다.

호시미야가 저렇게 동요하다니 별일인걸. 어째 신선한 감각이다.

"그, 그래…… 또 봐."

내가 그렇게 호시미야에게 인사한 타이밍에 세이 씨가 발을 멈췄다. 등을 밀던 호시미야도 어리둥절한 모습으로 고개를 살짝 갸우뚱거리곤 앞을 걷는 세이 씨를 들여다보았다.

"——그래, 하나 확인하고 싶었는데."

빙글, 세이 씨가 뒤를 돌아본다.

호시미야가 등을 밀며 옮길 수 있었던 것은 세이 씨에게 거스를 의사가 없었기 때문이다.

역시 어른 남성의 힘은 다르다.

세이 씨가 얘기를 계속하려 한다면 호시미야에게 그것을 말릴 수단은 없다.

"히카리가 여행에 가고 싶다고 얘기를 하더구나. 유이노도 같이 가지?"

세이 씨의 질문에 나나세가 수긍했다.

"네, 그런데요."

"그래. 물론 그건 상관없다만——."

다음으로 세이 씨의 시선이 내게 향했다.

처음 봤을 때 인상이 다정해 보이는 사람이라 잊고 있었지만,

그러고 보니 호시미야네 아버지는 통금이나 규칙을 엄격히 따지는 사람이라고 들었던 걸 뒤늦게 떠올렸다.

"——너도 함께 가니?"

갑작스러워 대답할 수 없었다.

내 반응으로 대답은 나온 것이나 마찬가지였다.

"……네. 그런데요."

그렇게 대답하는 것 말곤 방법이 없었다.

무슨 문제라도 있을까. 나는 아무 말도 듣지 못했다.

혹시 호시미야는 남녀가 함께 간다는 사실을 세이 씨에겐 전하지 않았나?

"역시, 그랬구나."

세이 씨는 담담히 낮은 목소리로 말했다.

호시미야와 나나세 모두 고개를 숙인 채 입을 다물었다.

조금 전까지 정겨웠던 분위기가 순식간에 얼어붙었다.

"히카리."

"……네."

"거짓말은 하면 안 되지. 난 여자끼리만 가는 여행이라고 들었다만?"

"……남자도 있다고 말하면 어차피 허락 안 해줄 것 같았으니까."

호시미야는 반항적으로 바라보며 그렇게 말했다.

"……흠. 뭐, 그럴 것 같긴 했지."

세이 씨는 호시미야를 보고 날 바라보았다. 그 시선에는 어른의 위압감이 있었다.

그 값을 매기는 듯한 시선에 기시감이 들었다.

문득 떠올렸다. 역시 나는 이 사람을 알고 있다. 대화를 나눈 적이 있다.

"주식회사 스타 플랫의…… 사장님?"

그 말에 세이 씨는 놀란 듯이 눈을 깜빡였다.

"이거 놀랍군. 날 알 줄이야…… 정확히는 부사장이지만 말이지."

……역시 그랬군.

부사장인 것은 이곳이 7년 전이기 때문이다.

7년 후 세계에서 호시미야 세이는 사장이었다. 그리고 주식회사 스타 플랫은 내가 취업 활동을 하던 시절, 제1지망으로 지원했던 회사다. 그래서 기억하고 있었다.

최종 면접에서 딱 한 번 대화를 나눈 적이 있다.

그전에도 회사 홈페이지에서 얼굴 사진과 자기소개를 본 적은 있었다. 호시미야와 성이 같다곤 생각했지만, 설마 호시미야네 아버지일 줄은 상상도 못 했다.

7년 후 세계에서 주식회사 스타 플랫은 수천 명 규모의 일류 기업이다.

지금은 아직 이름도 없는 중소기업이지만, 이후 엄청난 기세로 성장한다.

단적으로 말하면 기계 설비 계열 제조사였다. 내가 대학 때 연구하던 분야와 일치하는 부분도 있었고 급여와 대우도 괜찮았기에 이곳의 설비, 개발직을 제1지망으로 삼았다.

운 좋게 1차, 2차, 3차 전형을 돌파했지만, 최종 전형인 사장과의 면접에서 제대로 말을 하지 못해 탈락 메일을 받았다. 여담으로 이후 30여 곳을 탈락했다.

그래서 나는 이 사장을 원망한다. 결코 이유 없는 원한이 아니다.

"회사 홈페이지라도 본 건가?"

"뭐, 그런 셈이죠. 조금 귀사의 분야에 관심이 있어서."

귀사라니, 뭔 소리야. 진정해. 취업 면접이 아니라고.

"호오, 그래. 지금부터 장래를 생각하고 있다니 유망한 학생이구나. 성적도 좋다고 히카리에게 들었다. 대학을 졸업하면 꼭 우리 회사로 오거라. 환영하마."

아니, 당신이 떨궜는데요?

제 트라우마를 자극하지 말아 주시죠.

"뭐…… 네. 그보다, 죄송합니다. 얘기가 탈선해서."

"아니, 미안하다. 갑자기 권유해서. 나도 일 얘기가 되면 흥분하는 바람에……."

내가 미묘한 표정을 짓자, 세이 씨도 어색하다는 듯이 헛기침을 했다.

"그건 그렇고, 다시 하던 얘기로 돌아가지."

어째 이상한 분위기가 돼버렸다.

세이 씨는 그런 분위기를 바꾸려는 듯이 말했다.

"——너희에겐 미안하지만, 히카리를 여행에 보낼 순 없다."

조용히 지켜보던 호시미야의 표정이 일그러진다.
움찔하고 작은 몸이 떨렸다.
……솔직히 그런 얘기가 될 것 같은 예감은 들었다.
"그건 제가 있어서 그런가요?"
"히카리 말대로 남자와 함께 가는 여행이라면 허락 안 했을 거다. 하지만 진짜 문제는 그게 아니야. 아까도 말했듯이 거짓말을 한 게 잘못이지."
세이 씨는 호시미야를 차가운 눈으로 바라보며 담담한 어조로 말했다.
말하는 것은 완벽한 정론이다. 트집을 잡을 여지가 없었다.
"내게 거짓말을 하는 것으로 문제가 해결될 거라고 생각하면 곤란해."
애당초 남의 집 사정이다. 내게 발을 들이밀 자격은 없다.
그래서 나는 아무 말도 할 수 없었다.
"너희에겐 미안하게 됐지만, 히카리 몫은 캔슬해주렴."
세이 씨는 형식적으로 우리에게 고개를 숙이곤 빙글 등을 돌려 떠나갔다.
우두커니 선 호시미야와 시선이 맞았다.
호시미야의 표정은 지금 당장에라도 울음을 터트릴 정도로 막막해 보였다.
"이래도, 되겠어?"
무심결에 묻자 호시미야는 떨리는 목소리로 말했다.
"나는……."

"히카리, 가자."
움찔하고 호시미야의 몸이 떨린다.
호시미야는 고개를 수그린 채 세이 씨의 뒤를 따라갔다.
돌아보는 일은 없었다.

*

쇼핑몰 안에 있는 햄버거 가게에 왔다.
어머니에겐 저녁을 먹고 간다고 연락하고 나나세와 마주 앉았다.
나나세와 함께하는 저녁 식사는 분명 멋진 시추에이션이었으나, 우리 사이에 흐르는 분위기는 무척 무겁고 답답했다.
나나세의 표정은 줄곧 어두웠다.
어째 어려운 상황이 되고 말았다.
호시미야도 분명 세이 씨에게 혼이 날 것이다.
내가 그 사람의 질문을 찰나에 거짓말로 되받아쳤다면 문제가 없었을 텐데.
"네 탓이 아니야."
그런 내 사고를 꿰뚫어 본 것처럼 나나세가 읊조렸다.
"아무것도 모르는데 거짓말을 하는 것도 무리가 있잖아."
"……나나세는 알고 있었어?"
그렇게 묻자 나나세는 고개를 끄덕이고 "미안해." 하고 고개를 숙였다.

"얼마 전부터 히카리한테 상담을 받아서 거짓말을 할 수밖에 없겠다고 제안한 것도 나거든."

그 때문에 나나세는 책임을 느끼고 있는 모양이었다. 무척이나 풀이 죽었다.

"……그랬구나."

"그 사람이 남자랑 외박하고 오는 걸 허락해 줄 거란 생각도 안 들었으니까……."

"나나세는 호시미야네 아버지를 본 적이 있다고 그랬지?"

"옛날부터 친했거든. 몇 번 정도 히카리네 집에 놀러 간 적도 있어. 난 허락 받았지만, 히카리의 친구도 고르고 있어서. 자주 말을 걸어왔어."

……딸의 친구를 고른다라.

그 사람이라면 그 정도는 태연하게 하겠지.

최종 면접을 받을 때 기억이 새삼 명료하게 떠오른다.

『――자네는 하고 싶은 일이 명확하군.』

『네! 저는 귀사에서 꼭 대학 시절의 연구를 살려――.』

『그런 건 우리 회사엔 맞지 않을지도 몰라.』

『……네?』

『우리 회사에서 하고 싶은 일을 할 수 있을 거라 생각하진 말게. 입사한다면 자네가 할 일은 내가 결정할 거야. 의견을 물을 필요도 없어. 알겠나? 의지 있는 장기 말은 필요 없단 소리야.』

그 말에 충격을 받았던 기억이 있다.

호시미야 세이는 그야말로 태도는 부드럽고 친근함이 들지만, 대화를 나누면 나눌수록 꽉 막힌 성격이었다. 기본적으로 자신의 의견을 굽히지 않는다. 그리고 항상 타인을 자신의 장기말로 생각한다.

호시미야도 마찬가지로 심하게 속박하는 것처럼 보였다.

전부터 통금 시간을 신경 쓰기도 했고 집안이 엄하다고 듣기야 했지만.

"어려운 문제인걸. 게다가 이번에 한해선 딱히 틀린 소릴 한 게 아니니야."

"……그러게. 실제로 걱정하는 이유를 아니까."

저러는 게 걱정인지 어떤지는 둘째치고 나나세가 험담처럼 말을 보탰다.

"뭐…… 어쩔 수 없지. 나도 호시미야랑 같이 가고 싶지만, 저런 말을 들었으니 억지로 끌고 나올 수도 없어. 뭔가 다른 방법을 생각하기에도…… 이제 와선 이미 코티지 예약도 마쳤고 다들 일정도 비워서 조금 힘들겠지."

나는 호시미야와 함께가 좋다. 호시미야와 함께 바다에서 놀고 싶다.

하지만 현실적으로 생각하면 호시미야와는 또 다른 기회에 놀자는 얘기가 될 것이다.

답답한 마음이 들긴 했지만, 머리 한구석은 줄곧 냉정했다.

만약 7년 전의 내가 지금 여기에 있었다면 세이 씨를 설득하러 돌격했을지도 모른다.

하지만 지금의 나는 그런 무모한 짓은 할 수 없다.

나는 그때보다 훨씬 어른이 되고 말았다.

"그래도 히카리는…… 같이 가고 싶다고 했어."

나나세는 시선을 내린 채 조용히 말을 흘렸다.

"아버지가 안 된다고 말해도, 그래도, 같이 가고 싶다고……."

이번 건을 나보다 훨씬 무겁게 사태를 받아들이는 모양이었다.

"히카리가 그렇게나 가고 싶다고 바라 마지않았던 건 이번이 처음이야. 평소엔 아버지한테 설득당하고 어쩔 수 없다며 포기하는데. 이번에는, 꼭 가고 싶다면서."

"……아버지에게 반항한 적이 없단 소리야?"

"옛날엔 했지. 하지만 의미가 없어서…… 도중에 포기했어. 어차피 그 사람에게 반항해봤자 소용없다면서 줄곧 부모의 인형처럼 있었지."

……솔직히 내겐 상상이 가지 않는 세계다.

우리 부모님은 다정했으니까. 아무런 불편함 없이 키워주셨으니까. 잘못을 저지르면 단단히 혼을 냈어도 평소에는 내 의사를 존중해 주었다.

"그래서 난, 그래도 가고 싶다고 말한 히카리의 바람을 이루어 주고 싶었어."

그 결과 거짓말을 선택했다는 건가.

호시미야는, 더 이상 정면에서 세이 씨에게 반항할 수 없으니까.

"……밥, 식겠다."

나나세 앞에 그대로 놓여있던 햄버그스테이크 정식을 가리키고 말했다.

나는 이미 먹기 시작하고 있었다. 슬퍼도 밥을 먹지 않으면 살아갈 수 없다.

나나세는 느릿느릿하게 식사에 손을 댔다. 몹시 풀이 죽었다. 그것은 보기만 해도 안다. 하지만 슬프게도 나는 나나세의 기운을 북돋아 줄 말을 알지 못했다.

기운 없는 여자아이를 위로해 준 경험도 없었고 무언가 해결책이 있는 것도 아니었다.

적어도 이 건은 세이 씨의 말이 옳다.

우리의 마음은, 우리가 하고 있는 것은 어린아이의 투정에 지나지 않는다.

"……내가 히카리랑 말하게 된 건 초등학교 3학년 무렵이야."

조용히. 과거를 떠올리듯이 나나세가 말하기 시작했다.

"……같은 중학교 출신인 건 알았는데 초등학교도 같았어?"

"응. 히카리가 초등학교 시절 얘기는 하려 들지 않길래 모두에겐 말 안 한 거야."

듣고 보니 확실히 호시미야와 나나세는 옛날얘기를 들려준 적이 별로 없었다.

"……하려 들지 않는다니, 왜?"

"하이바라도 고등학교 데뷔가 들키기 전까진 옛날얘기 안 했잖아?"

"아니 뭐, 지금도 딱히 하고 싶진 않은데…… 무엇보다 떠올리기 싫어서…….”

그리고 내게 있어선 7년 이상 과거라 단순하게 기억하지 못하는 일도 많았다.

“……히카리가 말하지 않는 것도 거의 너와 같은 이유야.”

“호시미야도 고등학교 데뷔했단 소리야? 그렇겐 안 보이는데.”

“히카리 같은 경우는 중학교 시절에 이미 지금 같았지. 학교에서 가장 귀엽고 쾌활하며 명랑한 아이돌 같은 존재. 그게 호시미야 히카리야. 하지만 초등학교 시절엔 그렇지 않았어.”

사실은 말하면 안 되겠지만 하고 나나세는 말을 이었다.

“내가 히카리와 말을 하게 됐을 때, 히카리에겐 친구가 하나도 없었어.”

그것은 상상도 못 할 만한 말이었다.

나나세가 한 말이 아니었다면 믿을 수 없었을 만큼.

“수수하고 얌전하고, 항상 어두운 얼굴에 말하는 것도 어려워하고 교실 구석에 틀어박혀 책만 읽는 아이. 계속 같은 반이었지만, 초등학교 3학년까진 거의 얘기한 적도 없었어. 난 지금보다 어느 정도 밝은 성격에 교실의 중심에 있었으니까.”

계기는 도서실이었어 하고 나나세가 말했다.

우연히 나나세가 마음에 든 소설을 호시미야가 읽고 있어서 말을 걸었다고 한다.

——그 소설 재미있지, 하고.

그러자 호시미야는 움찔 어깨를 떨면서도 이거 알아요? 하고 물었다.

그 뒤로 나나세가 고개를 끄덕이자, 호시미야가 멋대로 얘기를 시작했다는 모양이다.

어색한 말투로, 중간중간 버벅거리면서도 이 소설의 어디를 재미있고 훌륭히 느꼈는지, 얼마나 자신의 마음을 울렸는지 필사적으로 호소했다.

그 모습이 귀엽게 느껴져 나나세는 호시미야에게 관심을 갖게 됐다. 그 뒤로 도서실에 다니는 기회도 왠지 모르게 늘어나 점점 호시미야는 나나세를 따르게 됐다.

나나세에게 있어서 호시미야는 수많은 친구 중 하나가 되었다.

호시미야에게 있어서 나나세는 단 하나뿐인 친구가 되었다.

그 뒤로 점점 함께 노는 기회가 늘어나 두 사람은 유일무이한 절친이 되었다.

"하지만 함께 있으면 있을수록 히카리가 부모에게 속박당하고 있다는 사실을 잘 알게 됐어."

——미안해. 한동안 친구랑 놀면 안 된대.

——시험에서 1등 하기 전까진 학교 끝나고 계속 공부하래서.

——불러준 건 고맙지만, 게임은 하지 말라고 그랬거든.

——남자랑은 불필요한 대화를 금지당해서. 그래서 친구가 될 수 없어.

"그러던 어느 날. 히카리가 날 자기 집으로 불렀어."

별일도 다 있다고 나나세는 생각했다. 하지만 그 점을 깊이 생각하지 않고 히카리네 집으로 갔다. 호화스럽다고 할 정도는 아니었지만, 넓고 커다란 단독 주택이었다.

그 뒤로 호시미야와 놀고서 무슨 일인지 세이 씨까지 끼어 셋이서 대화를 나눌 기회가 있었다고 한다.

"그때는 신기하게 생각했지만, 지금이라면 알아. 난 시험받고 있던 거야. 히카리의 친구로 알맞은 존재인지 어떤지. 그 값을 매기는 듯한 시선이, 지금 생각하면 불쾌해."

나나세와 한 차례 대화를 나누고 세이 씨가 호시미야에게 말했다.

『――히카리. 너도 이 애처럼 되거라. 뭘, 어렵지 않을 거다. 내 자식이니까. 성실하고 규칙적이며, 그러면서도 건강하고 밝고 애교 넘치는 아이가 되면 돼.』

"……학교에서 히카리의 모습이 바뀐 건 그 뒤부터야."

서서히, 조금씩 호시미야의 성격이 변했다.

얼굴을 가릴 정도로 길던 앞머리를 자르고 표정을 부드럽게 바꾼 뒤 얘기할 때 버벅거리던 모습도 사라졌고 목소리의 톤도 올려서 자신이 먼저 남에게 말을 걸도록 변했다.

어느새 친구는 나나세보다도 많아졌고 나나세보다 교실의 중심에 서 있었다.

"딱히, 히카리의 지금 성격이 거짓말이라곤 생각 안 해. 단순하게 옛날엔 그랬다는 얘기일 뿐이지. 이제 와서 옛날 성격으로 돌리라 말해도, 그게 더 어려울 테니까."

실제로 평소의 호시미야에게서 연기 같은 느낌은 거의 받을 수 없었다.
하지만 문득 기계처럼 대한다고 느낄 때는 있었다.
"그 애는 아마도 우리가 생각하는 것보다 더 감정을 잘 숨겨서…… 우리가 생각하는 것보다 속에 고민을 품고 괴로워하고 있을 거야. 그래서 조금이라도 도와주고 싶었어."
식사하던 손을 멈추고 나나세는 그제야 얼굴을 들었다.
"……있지, 하이바라."
그 맑은 눈동자가 날 바라본다.
"넌── 히카리를 좋아하니?"
그것이 어떤 의미인지 물어볼 생각은 들지 않았다.
어떤 의미라 한들 내 대답은 정해져 있었기 때문이다.
"물론, 아주 좋아하지."
그런 날 보고 나나세는 어딘지 쓸쓸해 보이는 웃음을 지었다.
나나세는 가방에서 메모장과 펜을 꺼내더니 물 흐르듯 무언가를 적기 시작했다.
그리고 한 장의 메모를 내 손에 건네주었다.
"그 애 곁에 있어 줘."
깔끔한 글자로 적힌 것은 타카사키에 있는 한 카페의 이름과 주소였다.
"분명 나보다도 네가 더 도움이 될 테니까."
무슨 말인지 잘 알 수 없었지만, 아무튼 나는 힘차게 고개를 끄덕였다.
나나세의 마음속 불안이 조금이라도 걷히도록.

지금 내가 할 수 있는 것은 그 정도밖에 없었다.

*

그다음 날.
나는 나나세가 메모에 적어준 카페를 방문했다.
타카사키 역에서 조금 떨어진, 오래된 뒷골목에 있는 눈에 띄지 않는 카페였다.
이런 곳에 손님이 올까? 솔직히 들어가기 껄끄러웠다. 단골손님만 받는 듯한 분위기가 느껴진다. 하지만 여기까지 왔는데 이제 와서 돌아갈 수야 없지.
가게 문을 열자 딸랑 하고 종소리가 울렸다. 낡은 외관과는 달리 가게 내부의 분위기는 멋졌다. 전체적으로 낡았지만, 깔끔하게 유지하고 있는 듯한 인상을 받았다.
"어서 오세요. 마음에 드는 자리로 앉으세요."
장년의 점주가 이쪽을 보지도 않고 인사했다.
뭐랄까, 개인이 경영하는 카페처럼 느껴져 마음이 놓인다.
가게 안은 널널했다. 손님은 두 팀. 입구 앞쪽 자리에서 수다를 즐기는 노부부와 안쪽 창가 자리에서 노트북을 열고 무언가 작업을 하고 있는 안경 낀 소녀뿐이었다.
가게 안을 걸어가 창가 자리로 다가갔다.
안경을 낀 소녀는 작업에 열중하고 있는 모양이었다.
그래서 내가 바로 옆에 섰어도 눈치채지 못하고 키보드를 계

속 두드렸다.

"……호시미야."

내가 말을 걸자, 호시미야가 얼음처럼 얼어붙었다.

그리곤 끼기긱 로봇 같은 어색한 동작으로 날 올려다보았다.

"……나, 나츠키?!"

조용한 가게 안에 얼빠진 외침이 울린다.

쉬잇 하고 내가 검지를 세우자, 호시미야는 황급히 입가를 틀어막았다.

무슨 일이냐며 이쪽을 본 노부부에게 고개를 숙이고 호시미야의 맞은편에 앉았다.

여전히 동요를 가라앉히지 못하는 모습의 호시미야를 곁눈질로 보며 나는 점주를 불러 커피를 주문했다.

점주가 카운터로 돌아간 타이밍에 호시미야가 입을 열었다.

"여, 여, 여, 여긴, 어떻게 왔어?"

너무 동요한 거 아냐?

말하며 막 눈이 방황하는데.

주문하고 있으면 조금은 진정할 줄 알았건만.

"나나세가 여기 주소를 알려줬거든. 가달라고 그러더라."

"나, 난 아무것도 못 들었는데?!"

"그러는 걸 보니, 그래 보이네."

……그나저나 오늘 호시미야는 신선하다.

커다란 검은 뿔테 안경을 쓰고 머리를 뒤로 한데 묶었다.

학교에선 못 보던 차림새다. 쉬는 날처럼 느껴지는 게 신선해서 이 또한 귀엽다.

"어휴, 유이노 진짜……."

그런 호시미야가 불만스럽게 창밖을 노려보았다.

이끌려 나도 그쪽으로 시선을 향하자, 구름 한 점 없는 푸른 하늘이 펼쳐져 있었다. 창문 너머로 매미 울음소리가 들려온다. 오늘도 한여름 날씨다. 가게 안은 에어컨을 틀어놓아 다행이었다.

"……미안해, 어제는."

호시미야는 조용히 읊조리듯이 그렇게 말했다.

"나, 바다에 못 가게 됐어."

"……그래. 아쉽지만, 어쩔 수 없지."

"정말로 미안해. 내가 바다에 가고 싶다고 그랬는데."

호시미야는 어두운 표정을 옅은 미소로 바꿨다.

"다 같이 즐겁게 놀고 와. 난 신경 쓰지 말고."

이 말에 나는 뭐라고 대답해야 할까.

말을 찾는 사이, 점주가 내 자리로 커피를 들고 왔다.

말하지 않을 이유를 찾듯이 커피를 입에 댔다. 블랙커피의 쌉싸름한 맛이 지금은 편안했다. 시원하게 에어컨을 틀어놓은 가게에서 마시는 뜨거운 커피는 역시 맛있다.

"……쓰고 있는 건 소설이야?"

물어본다. 내 입에서 나온 것은 화제를 돌리는 말이었다.

다만, 그쪽도 궁금하긴 했다. 내가 근처에 와도 눈치 못 챌 정도로 작업에 열중하던 호시미야의 노트북에 비치던 것은 세로쓰기 워드 프로그램이었다.

"여, 역시…… 눈치챘어?"
호시미야는 난처한 듯이 웃었다. 비밀로 하고 싶었던 걸까.
그야 오늘까진 나도 몰랐으니 감추고 있었다고 생각하는 게 자연스럽겠지.
"화면이 보였거든. 미안해, 멋대로 봐서."
"……비밀로 하고 있었거든."
쑥스러운 듯한 얼굴로 호시미야가 그렇게 말했다.
그렇게 감출만한 일일까? 문예부인 호시미야가 소설을 쓰고 있단 걸 알아도 별다른 위화감은 없었다. 원래부터 제법 소설 오타쿠라는 건 알고 있었으니까.
게다가…… 어제, 나나세에게서 들은 이야기가 뇌리를 스쳤다.
『수수하고 얌전하고, 항상 어두운 얼굴에 말하는 것도 어려워하고 교실 구석에 틀어박혀 책만 읽는 아이. 계속 같은 반이었지만, 초등학교 3학년까진 거의 얘기한 적도 없었어. 난 지금보다 어느 정도 밝은 성격에 교실의 중심에 있었으니까.』
그 얘기를 들었을 때는 당시의 호시미야가 상상조차 가지 않았다.
하지만 지금의 호시미야를 보니 갑자기 현실감이 솟아난다.
"애들한텐 말하지 마?"
"상관은 없는데 뭐 감추는 이유라도 있어?"
"그야…… 부끄럽잖아. 보여달라고 말하면 싫고…… 그리고 소설을 쓰는 건 별로 일반적인 취미가 아니라서, 이상하게 생각할 것 같길래."

뭐, 말하고자 하는 바를 모르는 것도 아니다.

나야 원래 오타쿠라 편견은 없지만, 그런 취미를 잘 모르는 녀석은 호시미야의 이미지가 바뀔지도 모른다. 평소 어울리던 우리 다섯은 호시미야가 소설을 좋아하며 실은 오타쿠 같은 성격이란 걸 알고 있지만, 다른 녀석들은 그렇지 않다.

명랑하고 누구에게나 상냥하며 학년에서 가장 귀여운 아이돌 같은 미소녀.

그런 이미지를 가진 사람이 더 많을 것이다.

호시미야 자신도 친한 사람 말고는 그런 표면적인 대응을 의식하는 구석도 있었다.

"알았어. 다른 사람한텐 말 안 할게. 아는 건 나나세밖에 없어?"

"응. 유이노한텐 옛날부터 읽어달라고 부탁하기도 해서."

"그래…… 언제부터 소설을 쓴 거야?"

"초등학교 때부턴가? 소설의 세계에 푹 빠져서 나도 써 보고 싶어졌거든. 만약 내 머릿속에 있는 세계를 적는다면 분명 재미있는 걸 만들 수 있지 않을까 싶어서."

생산형 오타쿠의 사고방식이다. 여담으로 나는 소비형 오타쿠라 소비하면 만족한다. 스스로 만들어 볼 생각은 한 적도 없다. 그래서 나는 생산형 오타쿠를 존경했다.

소비형 오타쿠는 생산형 오타쿠가 없으면 살아갈 수 없거든.

"그러면 꽤 오랫동안 취미로 계속해 온 거네?"

"응. 글 실력은 전혀 안 늘었지만 말야."

아하하 하고 호시미야는 자조하듯이 웃었다.

그 시선이 앞에 있는 노트북 화면으로 떨어졌다.

"무슨 소설 써? ……아, 별로 안 물어보는 게 좋나?"

나나세에겐 말했지만, 내겐 말하고 싶지 않을 가능성이 있었다.

솔직히 호시미야의 소설은 무척 궁금했지만, 캐묻지 않는 편이 좋을지도 모른다.

그런 식으로 이런저런 생각을 굴리고 있자 호시미야가 고개를 저었다.

"으응. 나츠키한테라면 괜찮아. 유이노도 그럴 생각으로 불렀을 테니까."

"……그럴 생각이라니?"

"아마도 자기가 아니라 나츠키에게 도와달라고 하라고 말하고 싶었을 거야."

호시미야의 종잡을 수 없는 말에 나는 크게 고개를 갸우뚱거렸다.

도우라니? 대체 뭘….?

그런 날 보고 호시미야가 무슨 일인지 표정을 풀었다.

"원래부터 유이노한테 내 소설을 읽게 한 다음 조언을 받고 있었거든."

지금보다 더 재미있는 소설을 쓸 수 있도록 하고 호시미야가 말을 이었다.

"……그 역할을, 내가 대신하라고?"

그렇게 추측하자 호시미야는 고개를 끄덕였다.
"……아니, 왜 나한테?"
난 그저 평범한 오타쿠일 뿐 소설을 써 본 적도 없다.
"나츠키는 나랑 이야기 취향이 비슷하고 소설도 잔뜩 읽잖아?"
"뭐, 나름대로야……."
"그리고 소설 감상을 얘기할 때도 제법 분석적인 시선이라 참고가 될 만한 게 많았거든. 그런 얘기를 유이노한테도 했었어. 그래서……일 거야."
칭찬받은 것은 기쁘지만, 과연 정말로 그럴까.
그야 나는 트위스터나 블로그에 애니메이션과 만화에 대한 장문의 고찰 글을 곧잘 올리는 오타쿠라서 언어화 능력이 남들보다 높은 것은 사실일지도 모르나…… 그다지 실감은 없었다.
"물론 불편하지 않다면, 말이지만……."
호시미야는 미안하다는 듯이 고개를 숙이면서도 눈을 치켜떠 날 살폈다.
……너무 끼 부리는 거 아닙니까?
전에는 자연스럽게 나오는 행동인 줄 알았지만, 나나세의 이야기를 듣고 나니 조금 수상하다.
그 귀여운 표정에 진 것이 아니다. 물론 진 것은 아니지만, 한시라도 빨리 호시미야를 안심시키기 위해 나는 밝은 태도를 의식하며 승낙했다.
"아니, 그야 물론 괜찮지! 호시미야가 쓴 소설도 궁금하고 그냥 읽는 것도 좋아하니까…… 그리고 친구가 의지해 주면 보답하고 싶거든."

"정말? 고마워. 역시 나츠키는 착하구나."

"……근데 실제로 내가 도움이 될지 어떨지는 좀 잘 모르겠는데."

내가 애매한 반응을 보인 것은 결국 자신감이 없다는 이유 하나로 귀결된다.

아무렴, 소설 작가에게 직접 의견을 말하다니, 해본 적도 없다.

"솔직한 감상을 말해주면 그걸로 충분해. 수정 방법은 알아서 생각할 테니까."

호시미야는 그렇게 말하고 부스럭거리며 옆에 두었던 가방 안을 뒤졌다.

이윽고 두꺼운 종이 다발을 건넸다. 그것은 종이에 인쇄된 소설이었다.

"일단 완성은 했는데…… 전개 때문에 고민하고 있거든."

제목은 '여름 바다 이야기(가제)' 라고 적혀 있었다.

일단 가제를 두기만 했을 뿐 아직 정하진 않은 것이리라.

서두를 읽었다. 정경의 묘사가 세련됐다. 읽으며 위화감이 들지 않는다. 즉, 읽기 쉬운 문장이었다. 프로와 비교해도 손색이 없었다. 이걸 호시미야가 썼구나.

"여기서 읽어도 돼?"

"어? 그래도 되는데…… 책 한 권 분량인걸?"

"나 읽는 거 꽤 빠른 편이라. 모처럼이니까 이 자리에서 무슨 말이라도 해주면 좋을 것 같아서.”

그리고 이 카페는 편안했다. 독서에 딱이라고 생각한다.

결코 호시미야와 조금이라도 함께 오래 있고 싶어서 이러는 것이 아니다. 그럼.

“그러면…… 난 다른 작업 하면서 기다릴게.”

호시미야는 그렇게 말하면서도 힐끗힐끗 내 쪽을 살폈다.

그 시선은 신경 쓰였지만, 글자를 눈으로 좇자 곧 이야기 속 세계로 가라앉아 갔다.

——소년과 소녀가 파도가 치는 바닷가에서 만나는 장면부터 시작됐다.

내용은 아무래도 청춘 미스터리인 모양이다.

무대는 바닷가에 있는 어느 고등학교.

일상 속의 자잘한 수수께끼를 머리 좋은 소녀와 행동력 있는 소년이 해결해 나간다.

라이트노벨 같은 분위기도 느껴지는 코미컬한 대화가 재미있다.

추리를 설명하는 방법이 알기 어렵다든가, 해결 방법이 묘하게 담백하다든가 하는 신경 쓰이는 점이 다소 있기야 했지만, 막힘없이 끝까지 읽을 정도론 재미있었다.

이윽고 소녀는 소년에게 연정을 품는다.

머리가 좋았을 터인 소녀가 첫사랑 때문에 패닉에 빠지면서도 간신히 소년에게 대시해 널 좋아한다고 고백한다. 하지만 소년의 과거에는 비밀이 있었는데——.

"……그런 거였군."

중얼거림과 동시에 이야기가 막을 내렸다.

의식이 현실로 돌아온다.

종이 다발에서 고개를 들자 호시미야가 빤히 바라보고 있었다.

나와 시선이 맞았단 사실을 깨닫더니, 호시미야는 움찔 어깨를 떨고 시선을 피했다. 뭔가 서투른 휘파람을 불기 시작했는데, 이미 한참 늦었거든? 애당초 휘파람도 제대로 못 불고 있다.

입으로 헛바람을 불어대는 호시미야는 제쳐놓고, 나는 어깨를 주무르며 목을 돌렸다.

오랜 시간 같은 자세로 있던 탓인지 어깨가 결렸다. 시계를 보자, 어느새 2시간이 지나 있었다. 목이 말라서 자릿값을 겸해 아이스티를 주문했다.

"어, 어땠어……?"

머뭇머뭇 조심스럽게 호시미야가 묻는다.

"재밌었어. 호시미야 굉장한걸."

우선 단적으로 감상을 전하자, 호시미야는 "정말?" 하고 기쁜 듯이 웃었다.

솔직히 생각하던 것보다 훨씬 재미있었다.

조금 얕잡아보고 있었다. 호시미야가 이런 이야기를 쓸 수 있을 줄은 생각도 못 했다.

"나츠키한테 칭찬받으니까 기쁘다."

……그건 그렇고 이 작품을 읽고 가장 처음 든 의문이 있었다.

“혹시 호시미야가 바다에 가고 싶다고 말한 건 이 작품 때문이야?”

——여름 바다 이야기. 가제라지만, 그렇게 단적으로 제목을 붙일 만큼 이 작품의 중요한 요소였다. 하지만 호시미야는 내 질문에 복잡한 표정을 지으며 고개를 저었다.

“……그 이유가 없다고 확실하게 말할 순 없는데, 좀 달라. 난 그냥 바다에 가고 싶다고 생각했던 게 다라…… 그렇게 생각할 만큼 바다를 좋아해서, 이 이야기를 쓴 거야.”

호시미야는 쓸쓸한 듯이 창문 너머를 바라보고 턱을 괴며 말했다.

“……다 같이 바다에서 놀면 재밌겠지.”

그 표정을 보고 실수를 깨달았다.

순수한 의문이었으나 호시미야는 좋은 기분이 아닐 것이다.

자신은 갈 수 없게 된 여행 얘기를 다시 끄집어냈으니까.

“……미안. 괜한 걸 물었지.”

“아, 저기, 미안해, 이상한 소릴 해서. 괜찮아, 아무렇지도 않아. 이걸 읽으면 그렇게 느끼는 게 당연하잖아. 실제로 막상 가게 되면 소설에 써먹자는 생각은 들 것 같거든.”

호시미야는 당황한 듯이 말했다.

이런 소릴 할 생각은 아니었다는 느낌이다.

서로 반성하는 우리. 잠시 침묵이 있었고 그사이를 노린 듯이 점주가 찾아와 정중히 아이스티를 테이블에 내려놓고 떠나갔다.

“그, 그래서…… 어떻게 느꼈어? 자세하게 감상을 듣고 싶은데…….”

호시미야는 쑥스러워하면서도 물었다.

“그러게. 우선 문장이 좋더라. 읽기 쉽고 머리에 자연스럽게 들어왔어. 주연 두 사람도 캐릭터가 좋았고 추리 부분도 좋았지. 다만 신경 쓰인 부분은…… 마지막 부분이려나.”

“역시…… 나츠키도 그렇게 생각해?”

호시미야도 자각하고 있던 모양이다. 나는 고개를 끄덕여 긍정했다.

“응. 연애를 얽으면서도 소년의 과거를 따라가는 이야기인 것 같은데…….”

……뭐랄까, 갑자기 현실감이 사라지는 듯한 감각을 느꼈다. 소년의 캐릭터도 갑자기 변화해 위화감이 들었고 문제의 해결 방법도 무척 억지스러웠다.

그런 의견을 어느 정도 부드럽게 포장해 전달하자 호시미야는 고개를 끄덕였다.

“나도, 그것 때문에 고민 중이라…….”

호시미야는 노트북 화면에 시선을 떨구며 생각에 잠겼다.

……내가 무언가 의견을 말해야 할까?

묻고 싶은 것과 말하고 싶은 것은 많았다.

하지만 진짜로 그것을 말해야 할까? 호시미야는 어디까지 바라고 있을까.

“있잖아, 전제를 확인해도 될까?”

그래서 호시미야에게 그렇게 물었다.

목표로 하는 것에 따라 내야 할 의견도 달라진다.

"호시미야는 이 소설을 어떻게 할 생각이야?"

"어떻게……라니?"

어리둥절한 모습의 호시미야에게 손가락 몇 개를 세워가며 설명했다.

"스스로 만족이 가는 걸 만들고 싶은가, 아니면 다른 이가 재미있게 읽었으면 싶은가, 혹은 어떤 소설 상에 출품하고 싶은가, 프로 소설가가 되고 싶은가…… 호시미야의 목표에 따라서 내 의견도 달라질 것 같거든."

솔직히 아마추어가 쓴 작품으로 보면 충분히 재미있는 것 같다고 생각했다.

무조건 칭찬해도 좋을 정도다. 이걸 나와 같은 고등학생이 썼다고 들으면 놀랄 것이다.

……내가 정말로 똑같은 고등학생이라 정의할 수 있는지는 의문이었지만, 그것은 아무래도 좋다.

호시미야의 소설을 팔랑팔랑 넘겨 다시 읽으며 생각하고 있자,

"――전부, 려나."

굳세게 자아낸 말이 귀에 닿았다.

고개를 들자, 호시미야가 진지한 얼굴로 나를 바라보고 있었다.

항상 살랑살랑 부드럽게 미소 짓던 호시미야와 동일 인물이라곤 생각할 수 없었다.

"내가 만족하는 작품도 만들고 싶고 나츠키나 유이노…… 읽

어준 사람을 만족시키는 작품도 만들고 싶고, 그게 된다면, 소설 상에도 출품할 생각이고……."

그리고 선언했다. 마치 자신에게 들려주듯이.

"……언젠가는, 소설가가 되고 싶어."

강한 의지를 느꼈다.

그러면서도 어딘가 고민이 깊은 것처럼도 보였다.

요즘 호시미야는, 특히 여름 방학에 들어서기 전부터 묘하게 불안정한 것처럼 느껴졌다. 웃다가 갑자기 얼굴이 어두워지는 등…… 감정의 기복이 심한 듯한 느낌이 든다.

"물론 응원할 거고 나라도 괜찮다면 도와줄게."

다만 그것을 내가 지적한들 무언가 변할 것이라 생각하진 않았다.

그래서 나는 무난한 말을 골랐다.

물론 친구의 꿈을 돕겠다는 마음에 거짓은 없었다.

다른 사람에겐 숨기던 호시미야의 비밀을 알게 된 것도 기뻤다.

"……이렇게 말로 한 건 처음이야. 조금, 두근거려."

호시미야는 자기 가슴을 누르며 그런 식으로 말했다.

"……응. 나는, 소설가가 되고 싶어. 그러니까 나츠키의 의견을 듣고 싶어."

"알았어. 그러면 신경 쓰인 점을 짚어볼게. 우선 서두의——."

생각나는 걸 모두 짚자, 호시미야는 그것을 메모했다.

문제의 개선 방법을 함께 생각하고 납득이 가면 다음으로 넘어간다.

“여긴 설명이 부족할지도 모르겠다. 뭐가 일어났는지 잘 알 수 없었어.”

“으~음…… 다른 설명 파트가 길어서 잘라내고 싶었던 거거든. 어떡할까?”

“대사로 설명해도 좋을지도 모르겠는걸. 지문으로 하는 설명보다 읽기 쉬워지기도 하니까.”

“아, 그렇구나! 응. 그러면──.”

그런 작업을 반복했다.

즐거웠다.

순수하게, 무언가에 진지하게 임하는 것은 재미있었다.

진심으로 더욱 좋은 이야기로 만들고자 고민하는 호시미야에게 촉발 당했다.

“그럼, 여기는…… 이렇게 해서…….”

중얼중얼, 호시미야가 화면을 바라보며 무언가 말하고 있다.

서로 한숨을 돌린 타이밍에 창밖을 보자 하늘이 노을빛으로 물들고 있었다.

이미 다 마신 아이스티의 얼음이 녹아 잔 안에 웅덩이를 만들었다.

“켁…… 벌써 이런 시간이야?”

시계를 보며 말하자, 호시미야가 “어?” 하고 고개를 비틀었다.

그러고선 손목시계를 보더니 “아!” 하고 크게 입을 벌렸다.

"미, 미안해! 나츠키! 나……."

"통금 때문에? 미안해, 나도 시간이 이렇게 지났을 줄은 몰랐네."

"맞아! 여행 때문에 혼난 참인데, 또 혼나겠다……!"

얼굴이 새파래진 호시미야. 어지간히 세이 씨가 무서운가 보다.

"난 신경 쓰지 말고 빨리 가."

"응, 저기, 정말 미안해. 같이 도와줬는데 이렇게 갑자기……."

"괜찮다니까. 여름 방학 중엔 언제든 한가하니까. 또 불러줘."

진심으로 그렇게 말하자, 황급히 집에 갈 준비를 마친 호시미야가 내 손을 잡았다.

……내 손을 잡아?

엉? 응? 무슨 일인지 호시미야가 내 오른손을 양손으로 쥐고 있었다.

"오늘은 고마워, 나츠키. 정말로 기뻤어."

코앞에서 호시미야가 말한다.

가까이서 보니 한층 더 얼굴이 예뻤다.

백자 같은 피부는 더없이 깨끗했고 동그랗게 커다란 눈은 똑바로 날 비추고 있었다.

"——나, 힘낼게."

호시미야는 "잘 먹었습니다!" 하고 점주에게 인사하곤 급한 발걸음으로 가게를 떠났다.

점주는 말없이 인사로 답했다.

여긴 호시미야의 단골 가게일 것이다. 서로 친숙하다는 느낌이 든다.

……그런데 호시미야, 계산은???

*

그날 밤.

집으로 돌아오자, 호시미야에게서 전화가 걸려 왔다.

"네네~ 여보세요~."

껄렁대며 인사를 했지만, 대답이 없다.

"……호시미야? 들려?"

그렇게 묻자, 평소보다 어두운 기색으로 호시미야가 대답했다.

"……응. 나츠키, 미안해, 오늘은. 계산, 깜빡해서……."

"그 정돈 신경 안 써도 돼. 난 알바하니까 가끔은 쏘게 해줘."

"아냐. 제대로 갚을게. 그보다 내 소설 도와줬으니까 오히려 내가 사는 게 맞는 것 같아. 정말로 미안해, 나, 당황해서……."

"그렇게까지 말한다면야 호시미야 몫은 받겠는데 내 몫은 내가 낼게. 애당초 내가 멋대로 호시미야가 있는 곳으로 들이닥쳤을 뿐이잖아. 진짜 신경 쓰지 마."

그렇게 입씨름을 벌인 끝에 호시미야가 자기 몫만 내게 돌려주는 결론으로 안착했다.

"그럼, 다음에 만났을 때라도──."

"──으응. 있지, 지금 주러 가도 돼?"

"지금……?"
나는 내 방 시계를 보았다.
이미 밤 10시를 지났다.
아무리 생각해도 통금 시간이 있는 호시미야가 밖에 나올 수 있는 시간이 아니다.
"나츠키네서 가장 가까운 역이 여기지?"
그런 말과 함께 호시미야가 사진을 보내왔다.
그것은 우리 동네 역의 이름이 적힌 게시판 사진이었다.
하늘이 어둡다. 즉 밤에 찍은 사진이다.
호시미야가 이런 시골 무인역에 와본 적이 있을 것 같진 않았다. 이름을 말하면 될 것을 일부러 사진을 찍어서 보냈다는 것이 지금 이곳에 있다는 사실을 가리키고 있었다.

"——나, 가출했어. 그래서 이제 통금은 없어."

호시미야가 담담한 태도로 선언한 것을 듣고 저도 모르게 사고가 멈췄다.
어, 어떻게 해야 하지?
지지지, 진정해, 하이바라 나츠키. 사정은 나중에 듣자. 우선 이런 밤중에 시골 무인역에 호시미야가 혼자 있으면 위험해. 우선 만나서 얘기를 듣자.
"자, 잠깐 거기서 기다리고 있어!"
나는 전화를 끊지도 않은 채 황급히 집을 뛰쳐나왔다.

*

밤에는 기온이 내려간다지만, 달리면 물론 땀이 난다.

땀을 뻘뻘 흘리면서도 간신히 동네 역에 도착했다. 이렇게까지 서두를 필요는 없었을지도 모르지만, 제정신이 아니었기에 걷고 있을 만한 여유가 없었다.

시골 역이라지만 가로등 하나 정돈 달려 있다. 호시미야는 돌계단에 앉아있었다.

표정은 어두웠지만, 우선 무사하단 사실에 안도했다.

호시미야가 다가오는 날 깨닫고 일어섰다.

"……나츠키. 미안해, 갑자기 찾아와서."

"아니, 그건 괜찮은데…… 가출했단 건 진짜야?"

"응. 아빠랑 이래저래 일이 있었는데, 더는 못 견딜 것 같아서 뛰쳐나왔어."

아하하 하고 호시미야가 웃었다.

아무리 봐도 허세였다.

"아무튼 카페 음료값만 먼저 줄게."

호시미야가 천 엔 지폐를 내밀기에 받아 들었다.

"……고작 이것 때문에 이런 데까지 온 거야?"

"……그렇다고 하면, 믿어줄 거야?"

"그런 셈 쳐주는 정도야 가능한데."

"……미안해, 거짓말이야. 사실은 나츠키가 보고 싶어서. 그

구실로 자기 실수를 이용하다니, 못났지. 미안해, 난…… 안 되나 봐. 뭘 해도."

호시미야의 정신 상태가 불안정한 것만은 틀림없었다.

집으로 돌아가는 게 낫다는 정론이 통용될 상황은 아닐 것이다.

아무튼 지금은 함께 있어 줘야 한다.

진정되면 얘기를 듣고 해결책을 생각해 보자.

하지만 언제까지고 이런 무인역에 머무를 순 없다.

"괜찮아, 호시미야. 괜찮으니까."

그렇다 한들, 어쩌지?

슬슬 전철 막차도 가깝다.

전철에 탈 거라면 다음 전철밖에 없다.

하지만 전철을 탄들 어디로 가야 하지?

집에는 돌아갈 수 없는데.

"……일단, 우리 집 올래?"

이런 시골 마을에선 그것밖에 선택지가 없었다.

오늘 엄마는 어쩌다 보니 할머니 댁에 묵으러 가서 집에 없었다. 여동생은 있지만.

호시미야는 미안하다는 듯한 표정을 지었지만, 망설인 끝에 고개를 끄덕였다.

달리 기댈 곳이 없었겠지. 나나세를 기대지 않는 이유가 조금 궁금한걸. 만약 나나세보다 날 우선했다면 남자로서 기쁘지만, 현실적으로 생각했을 때 아니라고 본다.

"……."

"……."

둘이 나란히 여름 밤길을 걸었다.

호시미야와 함께 우리 집으로 향하는 길이다.

꿈같은 일이 벌어지고 있었지만, 기뻐할 만한 상황은 아니었다.

단순하게 호시미야가 걱정됐다. 지금도 계속 고개를 숙이고 있었다.

앞으로의 계획조차 생각하지 않았으니 정상적인 정신 상태가 아니었다.

그리고 현실적인 문제도 있었다.

가출이라 말하긴 쉽지만, 호시미야는 여자인 데다 지금은 밤이다. 경찰에 신고했어도 이상하지 않다. 그런 상황에서 우리 집에 부른다는 것은 솔직히 제법 리스크를 짊어지는 일이었다.

"호시미야, 저기……."

말을 머뭇거리는 내 모습에 깨달았을 것이다.

"……경찰에 신고는, 안 했을 거야."

호시미야가 조용히 읊조렸다.

"그런 짓을 하면 집안 평판에 영향을 주니까."

"……그렇구나."

"지금쯤 찾고 있을걸. 아마도 유이노네 갔을 줄 알고, 그래서 신경 쓰지 않다가 거기에도 없단 걸 알고서 당황해서 찾고 있지 않을까."

"……호시미야가 날 찾아온 이유는 그거야?"

"아빠는 내가 기댈 곳이 유이노밖에 없다고 생각하니까. 말려들게 해서 미안해. 딱히 가출했어도 혼자 있으면 되는데, 처음엔 그럴 생각으로 전철을 타고 어디 먼 곳까지 도망가려 했는데, 나츠키를 떠올렸더니 카페에서 계산 안 한 것도 생각나서, 그걸 이유 삼아서 나츠키한테 기댔어……."

목소리가 떨렸다.

눈물을 참고 있는 듯한 목소리였다.

"괜찮아, 기대도. 친구가 힘든데 당연히 도와야지."

스스로 말했지만 오글거리는 대사라고 생각했다. 하지만 진심이었다.

게다가 호시미야가 잘못했다면 모를까, 아마도 원인은 세이 씨에게 있을 테니까.

뭐, 사정을 들어봐야 알겠지만.

"……무서워."

호시미야는 걸으면서도 떨리는 팔로 자신을 감싸 쥐었다.

"이렇게 아빠를 거스른 게 오랜만이라."

"……호시미야."

"어릴 적엔 아빠를 거스를 때마다 혼쭐이 나서, 그 뒤로는 줄곧 아빠 말대로 생활해 왔거든. 난 있지, 줄곧…… 아빠가 조종하는 인형이었어."

남의 가정이지만, 왠지 모르게 상상은 갔다.

그것은 쇼핑몰에서 호시미야와 세이 씨의 대화를 봤기 때문일 것이다.

"나츠키도 봤지? 그런 사람이야."

"……그래."

아마도 호시미야가 생각하는 것보단 잘 알고 있다.

그 사람이 딸의 의사를 존중해 주리란 생각은 들지 않았다.

"줄곧 있지, 그 사람이 이상적으로 생각하는 딸을 연기했어. 거슬러도 의미가 없으니까. 그 사람이 싫어하는 건 피하고 원하는 게 있어도 포기하고, 그 사람이 좋아하는 성격이 돼서."

호시미야는 나보다 조금 앞으로 걸어가 하늘을 올려다보며 말했다.

"……난 있지, 옛날엔 어둡고 얌전한 성격에 수수한 여자애였거든?"

그리고 빙글 돌아 밝게 웃었다.

"그 사람이 싫어해서 그만둔 거야. 밝은 성격이기로 했어. 항상 밝고 기운차고 귀엽고 모두에게 웃는 얼굴로 대하는 학교의 유명인…… 그걸 나로 삼기로 했어."

허세란 걸 알고 있음에도 내겐 평소 웃는 모습과의 차이를 알 수 없었다.

그리고 호시미야는 슬며시 표정을 지웠다.

"옛날부터 소설을 쓴 덕일까? 내가 설정한 성격을 연기하는 건 그리 힘들지 않았거든. 공부나 운동은 열심히 해도 그리 잘할 수 있게 되진 못했지만, 아빠 취향의 성격이랑 외모가 됐더니 혼날 일은 사라졌어."

나나세에게도 들은 얘기였지만, 본인에게 직접 들으니, 무게가 다르다.

이곳에 있는 것은 내가 모르는 호시미야 히카리였다.

"있지, 나츠키. ……귀엽지? 나."

정면에 선 호시미야가 옅은 미소를 짓는다.

나는 걸음을 멈추고 그 말에 고개를 끄덕였다.

"귀여워지려고 노력했거든. 그나마 귀엽지 않으면 아빠가 미워할 테니까. 사실은 아름답고 멋있는 사람이 되고 싶었는데 아빠가 좋아하는 건 이런 나니까."

문득 과거의 기억이 뇌리를 스친다.

『아하하, 농담이야. 나도 중성적인 패션을 더 좋아하거든. 남자 옷도 마음에 들면 사고. 멋있다고 말해줘서 기쁘다.』

『……다만, 이래 봬도 노력은 하고 있으니까 예쁘다곤 여겨줬으면 좋겠어.』

『그야…… 부끄럽잖아. 보여달라고 말하면 싫고…… 그리고 소설을 쓰는 건 별로 일반적인 취미가 아니라서, 이상하게 생각할 것 같길래.』

어렴풋이 어긋남을 느끼곤 있었다.

평소의 언행과 좋아하는 것, 취미가 일치하지 않는 것에.

딱히 신경 쓸 정도는 아니다. 그런 갭이 있는 사람이구나 하고 느낄 만한 것이다. 하지만 지금 얘기를 듣자, 속 시원히 납득이 가는 것처럼 느껴졌다.

"……있지, 나츠키. 실망했어?"

호시미야의 물음에 고개를 저었다.

"……그럴 리가 없잖아. 나한테 있어서 호시미야는 호시미야야."

"……내가 나츠키라면 그렇게 말할 것 같단 생각에 한 말이라해도?"

"확실히 그건 내가 모르는 호시미야 히카리인걸."

하지만 하고 나는 말을 이었다.

"사람이라면 누구든 비밀이라든지 남에겐 못 보여줄 얼굴처럼, 아무튼 여러 사정이 있잖아? 나한테도 있고. 그래서 그게 사람에 따라 조금 정도가 심하다 한들, 나는 딱히 신경 안 써."

나도 모두에게 보여주지 않은 부분이 있다.

타츠야 사건 때 조금은 드러냈지만, 숨기고 있는 것도 당연히 있다.

7년 후 세계에서 회귀했다는 것도 아무에게도 말하지 않았다.

그것을 잘못이라고도 생각하지 않는다. 모든 걸 털어놓으면 그만이라고도 생각 안 하니까.

"나츠키……."

망연하게 우두커니 선 호시미야의 옆으로 빠져나가 나는 걸음을 옮겼다.

"가자. 슬슬 집에 도착하니까."

인적이 없다곤 해도 주택가 길 한복판에서 할 얘기가 아니다.

어떻게 대할지 망설이긴 했다.

더 다정한 말도 해줄 수 있었으리라.

그러나 나는 진심을 전하기로 했다.
그래서 조금 차갑게 들렸을지도 모른다.
하지만 나는 내 말이 잘못됐다고는 생각하지 않았다.

*

집에 도착해 현관문을 열었다.
마중은 나오지 않았다. 나미카는 아마 거실에서 만화라도 읽고 있을 것이다.
마침 잘됐다. 요사이 방으로 들어가 버리자.
"실례합니다~…….."
호시미야는 조금 긴장한 모습으로 속삭이듯이 말했다.
나는 입가에 검지를 댔고, 둘이서 조용히 2층으로 올라갔다.
내 방으로 호시미야를 안내하고 우선 의자에 앉혔다. 나는 내 침대에 자리 잡았다. 호시미야는 몸을 움츠리면서도 두리번거리며 주변을 둘러보았다.
"여기가 나츠키 방이구나."
……방 청소해 두길 잘했군.
여름 방학이 시작되고 한가해서 마침 대청소한 참이거든.
"남자애 방에 들어온 거 처음이야. 꽤 깔끔하네."
"그, 그렇지. 암. 그렇고말고."
심야, 내 방.
좋아하는 여자아이와 단둘이.

새삼 긴장하기 시작한 내가 고개를 끄덕이자 "말투가 왜 그래?" 하고 호시미야가 웃었다.

공부 책상에 의자. 옷장과 침대, 책장. 특별히 이상한 건 없다고 생각한다.

굳이 말하자면 책장을 메운 소설과 만화가 너무 많다는 정도일까.

"아, 이 시리즈 재밌지~."

호시미야는 책장에서 인기 라이트노벨을 끄집어내 팔랑팔랑 넘겼다.

기본은 미스터리 전문인 호시미야지만, 나처럼 잡식파라 뭐든지 읽는 모양이다.

"다른 사람 책장 보는 거 재밌더라. 취향이 잘 드러나니까."

"……너무 자세히 보면 창피한데."

"후후, 역시 나츠키는 오타쿠구나. 지식으론 알고 있었는데 이제야 실감이 나는 것 같아~. 아, '시노의 여행' 도 전권 있네. 이거 엄청 재밌지."

한껏 신이 나 남의 책장을 뒤지는 호시미야가 무척 즐거워 보인다.

지금만은 다른 생각을 하지 않도록 하고 있는 것일지도 모른다.

나는 나대로 호시미야가 이곳에 있는 상황에 익숙해질 때까지 조금 더 시간이 필요했다.

좀 진정하자── 그렇게 생각한 순간 방문이 열렸다.

"앗."

"저기, 오빠. '마루토' 다음 권 빌려줘——."

국민적 대인기 닌자 만화책을 옆구리에 잔뜩 껴안고 있던 나미카가 눈을 껌뻑거렸다.

책장 앞에 선 호시미야를 바라보며 나미카는 완전히 정지했다.

"……아, 안녕하세요?"

호시미야가 어색하게 고개를 숙인다.

"……아. 저기, 네. 그, 안녕하세요……."

나미카도 벙찐 상태였지만, 간신히 대답에 성공했다.

"……저기, 시, 실례했습니다……."

나미카는 국민적 대인기 닌자 만화책을 옆구리에 잔뜩 안은 채 방문을 닫았다.

호시미야와 시선이 맞아 서로 쓴웃음을 지었다.

……안 그래도 계속 숨기는 건 불가능할 것 같고 설명할 생각이긴 했는데.

나중으로 미룬 결과 조금 일이 번거로워지고 말았다.

어쩔 수 없이 자리에서 일어나자, 호시미야가 미안하다는 듯이 고개를 숙였다.

"……미안해, 번거롭게 해서."

"뭐, 괜찮아. 잠깐 설명하면 알아주겠지."

그럴 리는 없겠으나 우선 그렇게 말해봤다. 호시미야를 안심시키기 위해서.

*

거실로 내려오자 나미카가 내 멱살을 붙잡았다.

"누, 누, 누구야, 저 사람?! 여친이야?!"

"아니거든. 조금 사정이 있어서 데려온 거야. 묵고 갈지도 몰라."

"여친이 아니면 오히려 큰일 나는 거 아냐?!"

"사정이 있다니까. 요컨대 학교 친구야."

"오빠가 여자를 데리고 오다니, 거기다 저렇게나 귀여운……."

"야~ 말 듣고 있냐?"

"어떻게 할 거야? 엄마한테 연락해야 해?"

"아니…… 설명하는 것도 귀찮으니까 됐어. 어차피 내일 저녁까지 안 오시잖냐."

엄밀히 말하면 엄마를 통해 호시미야네 부모님에게 전해지는 걸 피하고 싶어서지만.

"아, 알았어. 맡겨줘, 오빠!"

나미카는 어째 흥분한 기색으로 엄지를 세웠다. 너무 놀라서 제정신이 아닌 것 같은데?

"……저기, 오늘 나, 거실에서 자는 게 좋을까?"

알 수 없는 질문에 눈살을 찌푸렸으나 곧 깨달았다.

나와 여동생 방은 2층이고 거실은 1층에 있다.

"……저기, 소리 같은 게, 좀 그러면……."

새빨간 얼굴로 어물어물 말하는 나미카의 머리를 쿡 찔렀다.

"여친 아니라고 했지."

"그럼…… 하기만 하는 사이란 거야?!"

"바보야, 진정해. 아무것도 안 할 거니까 신경 쓰지 마."

일단 머리를 쓰다듬어 주니 나미카는 점점 진정되는 듯싶었다.

하지만 퍼뜩 제정신으로 돌아온 것처럼 내 손을 뿌리치더니 "소름이야!" 하고 새빨간 얼굴로 말했다. 그렇게 싫어하다니, 오빠는 슬프다…….

"……그보다 저 사람, 호시미야 히카리 언니 아냐?"

간신히 진정한 나미카가 그렇게 물어서 놀랐다.

"알아?"

"역시 맞지. 그냥 민스타에서 본 적 있어. 저 사람 료메이에서 제일 귀엽기로 유명하잖아. 우리 반 남자애들도 민스타에서 호시미야 언니 보더라."

호시미야가 그렇게나 유명한가…….

나미카가 다니는 중학교에서 료메이는 거리도 멀거니와 관련도 없건만.

생각해 보니 민스타 팔로워 수와 게시물의 하트 수가 무척 많다 싶긴 했다.

"근데 실물 진짜 귀엽다…… 한 번 더 봐도 돼?"

머뭇머뭇 묻는 나미카에게 "얼렁 자라." 하고 말하고 나는 방으로 돌아왔다.

*

방으로 돌아오자, 호시미야는 멍한 모습으로 천장을 바라보고 있었다.

바닥에 깔아놓은 카펫 위에 앉아 침대에 등을 기대고 있다.

"……여동생, 설득했어?"

"뭐, 간신히."

그렇게 대답하며 호시미야의 옆에 나란히 앉았다.

방에 침묵이 내려왔고 갑자기 현실감이 솟아났다.

후덥지근해 에어컨을 틀었다. 역까지 달렸던 탓에 땀이 불쾌했다. 목욕을 해야만 한다. ……나뿐만 아니라 호시미야도. 생각하지 않으려 했지만, 지금부터 다른 곳으로 이동하는 것은 현실적이지 못하다. 즉, 호시미야는 이제 우리 집에 묵을 수밖에 없다.

"……자고 갈래?"

뒤늦은 듯한 내 물음에 "……응." 하고 호시미야가 고개를 끄덕였다.

"샤워 하고 싶지? 수건이랑 갈아입을 옷은 준비해 줄게."

"아, 갈아입을 건 있어. 사실, 가출하고 호텔에 묵으려던 거라."

호시미야는 그렇게 말하고 곁에 둔 배낭을 토닥토닥 두드렸다.

낮에 들고 있던 가방보다 크다 싶더라니 준비는 해놨었구나.

아무래도 아무 생각 없이 뛰쳐나온 것은 아니었던 모양이다.

"욕실은 1층이야."

"응."

왠지 서로 말수가 줄어든 것 같았다.

나는 물론 긴장해서 그렇다. 호시미야도 긴장한 걸까.

계단을 내려가 욕실로 안내했다.

거실 불은 꺼져 있었다. 나미카가 방으로 돌아간 것이겠지.

호시미야는 방에서 들고 온 갈아입을 옷 같은 짐을 세탁기 옆에 두었다.

"수건은 거기 있어. 샴푸 같은 것도 마음대로 써도 돼."

호시미야가 고개를 끄덕였다.

"그럼…… 난, 거실에서 기다릴 테니까."

그렇게 말하고 욕실에서 도망쳐 나왔다.

지금부터 우리 집 욕실에 호시미야가 들어간다고 생각하니 쓸데없는 생각이 들고 만다.

그 망상을 뿌리치려고 거실 불과 텔레비전을 틀었다.

리모컨을 조작해 적당한 음악 방송을 틀었지만, 전혀 집중할 수 없었다.

욕실 쪽에서 샤워 소리가 희미하게 새어 나오는 것이 들린다. 거실문을 닫자, 간신히 소리를 차단할 수 있었다. 천천히 심호흡하고 마음을 다잡았다.

호시미야는 지금 힘든 상황이야. 그래서 날 의지해 준 거야. 의지한 상대인 내가 그런 몹쓸 생각을 해선 안 돼. 내가, 호시미야에게 있어서 마음을 기댈 곳이 되어주는 거야.

그렇게 강인한 의지를 품고 음악 방송을 계속 보고 있었다.

무슨 음악이 흐르는지조차 파악할 수 없는 채 시간이 흘러간다.
……얼마나 시간이 흘렀을까.
똑똑 하고 노크하는 소리가 울렸다. 거실문을 열었다.
"……고마워, 욕실 빌려줘서."
머리가 아직 젖어있는 호시미야가 거실로 들어왔다.
흔히 말하는 파자마 같은 차림새가 아니었다. 커다란 하얀 티셔츠에 면 재질의 반바지를 입었다. 반바지의 기장이 짧아 순간 티셔츠만 입고 있는 것처럼 보이기도 했다. 그 두 장의 경계선에서 요염한 허벅지가 얼핏 보였다.
무심코 침을 꿀꺽 삼켰다.
"있지, 콘센트 있어?"
호시미야는 내 심경을 아는지 모르는지 두리번거리며 주변을 둘러보았다.
그 손에는 드라이어가 들려 있다. 우리 집 물건이 아니다. 가지고 왔을 것이다.
"저기 있어."
내가 앉아있는 소파 옆을 가리키자, 호시미야는 자연스럽게 옆자리에 앉았다.
그리고 드라이어로 머리를 말리기 시작했다.
"나츠키는, 안 씻어?"
"어, 어어…… 그러게. 그럼 씻고 올게."
그렇게 대답하고 거실에서 도망친 것은 좋았지만, 욕실에도 문제가 있었다.

……뭐랄까, 호시미야가 씻고 난 뒤 샤워를 한다고 생각하니 무척이나 거시기하다. 달콤한 잔향 같은 게 느껴지는 것 같기도 했다. 위, 위험해! 아무 생각도 하지 마!

비우자. 지금 여기서 무의 경지를 손에 넣는 것이다——.

배틀 만화 버금가는 정신 수행을 펼치며 간신히 샤워를 마칠 수 있었다.

*

거실에서 머리를 다 말린 호시미야와 내 방으로 돌아왔다.

"손님용 이불이라면 있는데…… 어디 깔까?"

벽장을 열어 이불의 존재를 확인하며 호시미야에게 물었다.

호시미야도 여자아이다. 나와 같은 방에서 자는 것은 겁이 날지도 모른다.

오늘은 부모님도 돌아오지 않으니, 거실에 이불을 깔고 잘 수도 있다.

그렇게 설명하자 호시미야는 도리도리 고개를 저었다.

"……같이, 있어 줬으면 좋겠어."

떨리는 목소리로 말해 나는 아무 말도 못 하고 고개를 끄덕였다.

침대 옆 카펫 위에 이불을 깔았다. 호시미야는 그 위에 무릎을 안고 앉았다.

방금 냉장고에서 들고 온 보리차를 컵에 따랐다.

호시미야에게 건네주자, "……차갑다." 하고 말하며 조금씩 입으로 옮겼다.

침대 위에 앉은 나는 침대에 등을 기댄 호시미야를 내려다보는 자세였다. 호시미야가 바라보는 스마트폰의 화면이 얼핏 보였다. 부재중 전화가 가득 넘치고 있었다.

"……전화, 걸어야겠다."

"……그러게. 별일 없단 사실 정도는 알리는 게 나아."

그 타이밍에 한 번 더 전화가 걸려 왔다. 표시된 이름은 물론 호시미야 세이다. 호시미야가 벨 소리와 알림 소리를 모두 꺼놔 화면에 계속 표시만 되고 있을 뿐, 소리는 나지 않았다.

받아야 하는데 하고 호시미야가 말했다. 새파랗게 질린 얼굴로 손을 떨고 있다. 나는 침대 위에서 호시미야 옆으로 내려와 스마트폰을 들고 있는 손과는 다른 손을――용기를 내어 쥐었다.

호시미야가 놀란 듯이 나를 바라보았다.

그리곤 강하게 맞잡았다.

"……여보세요."

『히카리?! 지금 어디냐?! 걱정했잖냐!』

무척 초조한 분위기였다.

적어도 그 말에 거짓은 없어 보였다.

"……죄송해요."

『가출 같은 멍청한 짓 그만하고 빨리 돌아와! 아무튼 지금 어디 있는지 말해라! 내가 마중 갈 테니!』

노호와도 같은 목소리가 들려온다.

말하는 내용은 둘째치고 목소리에 다정함이 전혀 없다.
꼬옥. 호시미야의 가는 손가락이 내 손바닥을 강하게 쥔다.
"……있지, 아빠. 나, 안 갈 거야."
떨리는 목소리로, 그럼에도 호시미야는 굳세게 선언했다.
『히카리? 왜 그러는 거냐, 갑자기. 오늘 소설을 그만 쓰라고 말해서 그러는 거냐? 그건 널 생각해서 한 소리다. 더 보람 있는 생활을 보낼 수 있을 거야. 그걸 이해 못 할 네가 아니잖니. 이렇게 말귀를 못 알아먹는 애가 아니었을 거다.』
……소설을 그만 쓰라고?
그런 소릴 들었어?
더 보람 있는 생활? ……뭐야, 그게?
어릴 적부터 계속해 온 호시미야의 취미를 그런 시답잖은 이유로 부정한 거야?
"아니야, 아빠. 난 그런 애야. 지금까진 참아왔을 뿐이야."
『무슨 소리냐. 난 그런 소릴 하는 애로 키운 적 없다.』
"그치. 나도 사실은 이런 소리 할 생각 없었어. 이미, 뭐든 간에 다 포기했었으니까. 전부 아빠 말대로 하면 될 거라고 생각했어. 거스르지 않으면, 혼날 일은 없으니까. 다른 애들보다 부자유스럽더라도, 어쩔 수 없다고."
작게 비명을 지르듯이 호시미야가 계속 말한다.
"……그래도 있지, 역시 안 되겠더라. 전부 포기하라니, 그럴 수 없어. 아빠가 안 된다고 말해도 꼭 하고 싶은 일도 있으니까. 줄곧 계속해 온 소설을 그만 쓸 순 없어. 소설가가 되는 꿈을 포기하라니, 그럴 순 없어."

『히카리, 몇 번을 말하지만, 난 널 생각해서——.』

"그리고! 나도, 다른 애들이랑 같이 놀고 싶단 말야. 바다도, 같이 가고 싶어. 이렇게 소중한 친구가 생긴 건…… 처음이야. 거리를 두라니, 못 해."

……거리를 둬? 무슨 소리지?

『무슨 소릴…… 제멋대로 굴기만 하고, 그래도 괜찮을 줄 알아?!』

"왜, 제멋대로 굴면 안 되는데? ……조금 더, 자유롭게 놔 줘."

조용히 읊조리는 듯한 말을 남기고 호시미야는 전화를 끊었다.

조용한 정적에 창밖에서 들려오는 방울벌레의 울음소리가 섞인다.

손을 잡은 채 호시미야는 놓으려 하지 않았다.

줄곧 스마트폰의 화면을 바라보고 있었다.

마침 생각났다는 듯이 RINE으로 '친구 집에 있으니까 걱정하지 마' 라고 채팅을 보냈다. 그 상대는 세이 씨가 아니라 호시미야의 어머니인 모양이었다.

세심히 살필만한 말이 전혀 떠오르지 않는다.

그래서 나는 아무 말도 하지 않았다.

옆에 앉아 계속 손을 쥐었다.

혼자가 아니라고 줄곧 가르쳐주었다.

"……소중한 걸 만들지 않도록 해 왔어."

이윽고 호시미야는 그런 중얼거림을 흘렸다.

"그렇게 하면 쉽게 포기할 수 있으니까. 실제로 어지간한 건 포기할 수 있었어. 처음부터 원하던 게 아무것도 없었던 것처럼 느껴지기도 했고…… 하지만, 역시 인형은 될 수 없었어."

"……아무리 애를 써도 포기할 수 없는 게 있으니까 말이지."

내게 청춘이 그러했듯이.

호시미야는 내 손을 놓더니 배낭에서 종이 다발을 끄집어냈다.

"옛날의 난 친구 같은 게 없어서. 소설의 세계만이 구원이었어."

그것은 낮에 나도 읽었던 호시미야의 소설 원고였다.

"자연스럽게 소설을 읽는 게 좋아져서, 공상하게 돼서, 적게 돼서, 적는 것도 좋아져서, 읽는 사람을 즐겁게 해주고 싶다고 생각하게 돼서, 수많은 사람에게 전하고 싶다고 생각하게 돼서…… 소설가가 되고 싶다고, 생각하게 됐어."

호시미야는 자신의 원고를 만지더니, 자신이 적은 문장을 손가락으로 훑었다.

"오늘은 있지. 아까 그러고…… 집에 가서 통금 시간은 지킬 수 있었거든."

띄엄띄엄 호시미야는 무슨 일이 있었는지 얘기하기 시작했다.

가출하면서까지 세이 씨를 거스르기로 결심한 이유를.

"그랬는데 아빠가 어째 화를 내더라. 여행에 대한 것 때문에 원래부터 기분은 안 좋았는데."

——통금을 어긴 것은 아니라곤 하나, 아슬아슬하긴 했다.

그 모습에 세이 씨는 호시미야에게 오늘 뭘 하고 있었느냐고 따져 물었다 한다.

호시미야는 카페에서 소설을 쓰고 있었다고 답했다. 친구도 함께 있었다고.

원래부터 호시미야의 취미를 그리 좋게 보지 않았을 것이다. 좋은 기회라는 양 세이 씨는 소설 쓰기를 그만두도록 명령했다. 전화로도 말했지만, 공부나 운동을 하든지 교양을 익히든지 하면 더 보람 있는 시간을 보낼 수 있을 것이라며.

호시미야는 이에 고개를 저었다. 세이 씨는 무척 놀랐다는 모양이다. 자신이 하는 말엔 항상 알았다고 대답하던 호시미야가 반항했기 때문일 것이다. 설득하려 했지만, 호시미야는 그것만은 싫다고 말하며 듣질 않았다. 그뿐만 아니라 소설가가 되고 싶다고 말을 꺼냈다.

"정말, 얼빠진 표정이더라. 아닌 밤중에 홍두깨란 느낌이려나? 내가 소설가가 되고 싶다는 말은 누구한테도, 유이노한테도…… 오늘 나츠키한테 말고는 한 적 없었으니까."

세이 씨는 당연히 화를 냈다고 한다. 그런 얘기는 처음 듣는다며.

그렇게 불안정하고 될 수 있을지 어떨지도 모르는 직업을 가질 필요는 없다며.

"나츠키에겐 고마워하고 있어. 줄곧 자신을 속여왔거든. 나츠키에게 선언했을 때, 나도 이게 내 장래의 꿈이라며 자신을 가질 수 있게 됐어."

호시미야는 두려워하면서도 어떻게든 자신의 의지를 밀어붙이려 했다고 한다.

그런 호시미야를 보고 세이 씨는 인정은커녕 더더욱 호시미야를 속박하려 했다.

——지금의 친구와는 거리를 두라며.

"여행 건도 있었으니까 지금 내가 친구에게서 나쁜 영향을 받고 있다고 생각했겠지."

물론 싫다고 말했어 하고 호시미야는 계속 말했다.

그렇다면 적어도 둘 중 하나만 하라고 세이 씨는 말했다고 한다.

그렇게 선택지를 줌으로써 호시미야를 컨트롤하려 했을 것이다.

"조금, 생각해 봤어. ……옛날의 나였다면 친구와 거리를 두는 쪽을 골랐을지도 몰라. 옛날의 나는 겉으로만 원만하게 대할 뿐, 모두에게 벽을 치고 있었으니까."

하지만 지금의 나는 둘 다 소중해, 그렇게 호시미야가 말했다.

"……유이노가 곁에 있어 줘서, 나츠키, 우타, 레이타, 타츠야와 만나고, 깨닫고 보니 모두와 친해져서, 모두가 좋아졌어."

정말이야 하고 호시미야는 이쪽을 보고 옅은 미소를 지었다.

"이제 와서 거리를 두라니 못 해. 나도 모두와 함께 있고 싶어."

하지만 세이 씨는 자기 뜻을 굽히려 하지 않았다.

호시미야도 정면에서 언쟁을 벌여 세이 씨를 설득할 자신이 없었다.

그래서 가출을 했고 지금 이곳에 있었다.

적어도 반항하고 있다고, 태도로 보이려고.

"……그러게. 나도 납득 못 하겠어. 이제 호시미야가 없는 생활은 생각 못 해."

"……치사해, 나츠키는. 그렇게 멋있는 소리만 하구."

"아니, 그런 게 아니라 그냥 본심이거든? 친구로서 하는 말이거든?"

"……응, 알아. 고마워, 기뻐."

정신을 차리니 시곗바늘이 자정을 지났다.

얘기에 열중했더니 어느새 심야에 접어들었다.

"……잘까."

"……응."

호시미야 옆을 떠나 침대 위로 올랐다.

아래 이불에서 부스럭거리는 소리가 들린다. 호시미야가 이불을 덮었겠지.

"에어컨 켜 놔도 될까?"

"……응. 조금 온도 올려줄 수 있어?"

"취침 등은 켜는 편이야?"

"캄캄한 게, 좋아."

"알았어. ……그러면 잘 자, 호시미야."

"……잘 자. 나츠키."

불을 끄고 얇은 이불을 몸에 걸쳤다.

평소에는 자고 있을 시간이지만, 눈을 감아도 전혀 잠기운이 없었다.

당연하지만 사람의 기척이 난다. 천이 스치는 소리가 난다. 희미한 숨소리가 들려온다.

좋아하는 여자아이가, 내 방에서 자고 있다.

"……나츠키, 아직 안 자?"

"……왜?"

문득 호시미야가 말했다. 호시미야도 잠이 오질 않는 걸까.

"나 있지, 나츠키를 좋아해."

그렇구나. 나츠키를 좋아한다고. ……나츠키를, 좋아해? 나츠키를 좋아해? 호시미야가?! 왓?! 뭐야?! 대체 무슨 일이 벌어진 거야?!

"……나츠키도, 다른 애들도, 너무 좋아."

……아, 그렇죠. 그런 얘기죠. 친구로서란 의미죠? 그래. 난 처음부터 알고 있었거든. 그래서 눈곱만큼도 동요 안 했다. 그렇고말고.

"나 있지, 처음에는 나츠키가 불편했어."

"윽…… 그, 그러셨군요."

갑작스러운 말이 날카롭게 날 덮친다.

"어쩐지 멋있는 척하면서 조금 거동도 수상하고, 그런 것치곤 자꾸 들이대고, 딱히 노력 같은 걸 안 해도 공부도 운동도 뭐든 잘할 수 있단 얼굴이 어쩐지 열 받아서."

"야, 잠깐, 좀…… 그쯤 해두지 않을래? 난 유리 멘탈이거든?"

내가 비실거리는 목소리로 말하자, 호시미야가 아하하 하고 웃었다.

그런 식으로 생각하셨군요…… 그래요…….

단정히 외모를 꾸민 덕에 딱히 호감도는 낮지 않을 줄 알았지, 솔직히…….

역시 사람 마음은 어렵구나…….

“……그래도 있지, 옥상에서 타츠야랑 말싸움하는 모습을 봤을 때부터 갑자기 친근감이 솟더라. 아아, 이 사람은 어쩌면, 나랑 비슷할지도 모르겠다 싶어서.”

“……글쎄. 나는 그냥 잔뜩 긴장하고 있던 게 다라.”

말하자면 모든 행동을 정성껏 신중히 하고 있었을 뿐이다. 모두가 모르는 7년간의 경험까지 합쳐져 솜씨 좋게 해내고 있었을 뿐, 성격 그 자체를 바꾼 것이 아니다.

“그래도, 알잖아. 원래부터 어둡고 수수했던 건 나도 마찬가지니까. 내가 멋대로 공감했을 뿐이지만 말이지. 그다지 이해가 안 될지도 모르지만.”

“……뭐, 호시미야가 어둡고 얌전한 애였단 소리를 들어도 상상이 안 가지.”

지금은 쾌활하고 명랑하며 조금 덜렁대는, 모두가 좋아하는 아이돌 같은 미소녀다.

“봐봐, 이거. 조금 부끄럽긴 한데.”

호시미야가 움직이며 부스럭거리는 소리가 들려와 그쪽으로 시선을 주었다.

아래 이불에서 호시미야가 스마트폰을 들어 올렸다. 어둠 속에서 화면이 빛나고 있다.

그것에 비친 것은 초등학생 정도 되는 소녀의 사진이었다.

눈가를 가릴 정도로 긴 머리에 투박한 안경을 썼다.

"……어? 이거, 혹시 호시미야야?"

"응. 이때 난 친구 같은 건 한 명도 없었어."

"오오…… 호시미야가…… 뭐랄까, 역시 의외인걸."

"그건 있지, 내가 위장을 잘해서 그런 거야. 칭찬해 줘도 되거든?"

후훗 하고 호시미야가 기분 좋다는 듯이 말했다.

이런 동작조차 위장의 일환일까.

"그거, 안 피곤해?"

그렇게 물어본 이유는 내 경험에 의한 것이다.

처음에 잔뜩 긴장하며 지내던 무렵엔 솔직히 조금 피곤하게 느꼈다. 모든 것을 완벽하게 해내려고 지나치게 의식한 나머지 본래 모습을 드러내는 것이 두려웠다. 미오리 덕에 해결됐지만.

"……글쎄. 이미 익숙해져서. 이런 내 모습에 위화감도 사라졌어."

무엇이 진짜 나일까 하고 호시미야의 읊조림이 물방울처럼 떨어져 내린다.

그 담담한 어조는 내가 모르는 호시미야였다. 항상 부드럽게 밝은 어조로 웃는 얼굴을 보이는 호시미야는 이곳에 없었다. 오늘, 나는 호시미야의 여러 얼굴을 보고 있었다.

"그 뒤로 조금씩 나츠키가 본래 모습을 드러내게 돼서, 진짜 나츠키를 더 알고 싶다고 생각했는데…… 내가 좋아하는 소설과 영화 얘기를 같이 해주는 걸 듣고…… 아아, 역시 이 사람은 말하는 게 오타쿠구나 하고 느낀 게 재미있어서……."

"……시끄러. 그 소릴 할 거면 호시미야야말로 소설 얘기를 할 때 계속 오타쿠처럼 말하거든. 위장 같은 건 하나도 못 했다고. 그냥 평범한 오타쿠 소녀야."

"뭐, 뭐래~. 어때서 그래. 학교 아이돌한테 그런 취미 하나쯤은 있어야 친근하게 느끼기 쉽잖아? 그러니까 결코 내가 하고 싶어서 하는 말이 아니라——."

"……호시미야는 자길 학교 아이돌이라고 생각해?"

그야 실제로 맞긴 하지만, 그걸 스스로 자처하고 있는 듯한 말투였다.

옆에서 부스럭거리는 소리가 들린다. 살펴보니 호시미야가 이불을 둘둘 말고 구르고 있었다.

"……나츠키, 속인 거지?"

원망스럽다는 듯한 목소리가 들려왔지만, 너무 억울하다.

"아니, 멋대로 속은 거잖아."

어쩐지 호시미야에게도 차갑게 대응할 수 있게 됐는걸.

친근하게 느끼게 됐단 게 이런 걸 말한 건가?

아무튼, 긴장은 풀어지기 시작했다.

"그렇게 생각하고 있다 해야 할지…… 그냥, 그런 설정인 내가 그러고 있을 뿐이야……."

호시미야는 기어들어 가는 목소리로 말했다. 아무래도 어지간히 창피한 모양이다.

여전히 이불로 둘둘 말곤 베개에 머리를 묻었다.

"그러면 안 더워?"

"……더워. 시끄럽네, 진짜."

삐진 듯한 말에 무심코 웃고 말았다.

"……난 이제 잘 겁니다. 말 걸지 마세요."

말을 걸어온 건 호시미야가 아닌지. "그래 그래." 하고 고개를 끄덕이고 눈을 감았다.

한동안 눈을 감고 있자, 아무리 그래도 졸음이 쏟아졌다.

의식이 물 밑으로 가라앉는 감각에 몸을 맡기고 있는데, 어디선가 조용한 목소리가 들려오는 듯한 느낌이 들었다.

"……날 구해줘서, 고마워."

*

눈을 뜨자 안경을 낀 호시미야 히카리가 날 들여다보고 있었다.

"……아, 깼어? 안녕."

이게 뭐야, 꿈이야? 꿈이군요. 안녕히 주무세요.

"……아, 또 잔다."

자는 척을 계속해 봤지만, 아무래도 꿈이 아닌 모양이다.

슬슬 현실을 직시해야겠다는 생각에 다시 한번 눈을 떴다.

호시미야와 시선이 맞았다. 가깝다. 숨결이 닿을 만큼.

"……안녕."

간신히 대답하자 호시미야는 후훗 하고 입가에 손을 대며 미소 지었다.

천사인가? 비겁할 정도로 얼굴이 아름답다. 이 파괴력은 잠에서 막 깬 나로선 견딜 수 없다.

천천히 몸을 일으켜 시계를 보았다. 어젯밤 늦게까지 얘기에 푹 빠져있던 탓인지 평소보다 시간이 늦었다. 평소라면 이미 아침 식사를 준비하고 있을 시간이다.

"나츠키 자는 얼굴, 귀엽더라."

호시미야는 기분이 좋았다. 콕콕 내 볼을 찌른다.

어허, 귀엽게!

하지만 지금 난 호시미야가 어느 정도 자각하고 끼를 부리고 있단 걸 알고 있다.

아무렴, 호시미야는 학교의 아이돌(자칭)인 것이다. 그렇다, 자칭이다.

그렇기에 고작 이런다고 무너지진…… 무너지진…… 제, 젠장! 너무 귀엽잖아!

"왜 그래? 얼굴 빨개."

호시미야의 뜻대로 당했다는 사실에 열이 받아 반격했다.

거꾸로 호시미야의 볼을 콕콕 찌르자, 호시미야는 움찔 몸을 떨었다.

"……호, 호시미야도, 오늘도 귀여운데?"

어째 혀를 씹었고 목소리까지 떨어 절묘하게 징그러운 느낌이 되고 말았다.

"……."

"……."

뭐야, 이 어색한 분위기는. 하, 하지 말 걸 그랬어…….

호시미야는 얼굴을 붉히며 딱딱하게 굳었다. 이건…… 내 말이 너무 부끄러운 나머지 견딜 수 없어졌구나……. 정말로 죄송합니다, 우쭐거려서…….

"……오, 오빠?"

문 쪽에서 소리가 들려와 나와 호시미야는 황급히 거리를 두었다.

쏙 하고, 나미카가 문을 살짝 열어 들여다보고 있었다. 아니, 노크 좀 해.

나미카는 우리를 번갈아 보고는 얼굴을 붉히면서도 물었다.

"저기, 아침밥은……?"

동생아, 가끔은 알아서 해 먹어라.

*

부엌으로 가 적당히 아침 식사를 만들었다.

"나도 뭐 도와줄까?"

"그러면 보리차 따라서 갖고 가 줄래?"

호시미야는 "네~에." 하고 대답했지만 "아니지~!" 하고 나미카가 끼어들었다.

"기다리고 있어도 돼요! 오빠가 할 거니까!"

"적어도 네가 해라."

내가 한 소리 하자 나미카는 "그러지 말고~." 하며 달래려 했다. 그렇게 대충 넘어가려고 하지 마. 내가 하는 거야 딱히 상관없다만, 조금 더 노력하라고.

그런 나와 여동생의 대화를 보고 호시미야는 즐겁다는 듯이 방긋방긋 웃고 있었다.

"어쩐지 집에 있을 때 나츠키는 신선하네~."

"그래?"

"모두에겐 더 친절하게 대하잖아?"

"음~ 요즘은 그렇진 않은데, 뭐…… 그야, 가족에 비하면 그렇지."

"어? 뭐야, 그게. 그럼 나한테도 친절하게 대해줘."

불만스럽게 투덜거리는 나미카를 완전히 무시하며 프라이팬에 달걀을 넣었다.

내가 간단하게 아침 식사를 만드는 사이, 호시미야와 나미카는 대화를 나누고 있었다.

어색하게 말을 거는 나미카에게 호시미야는 웃는 얼굴로 부드럽게 대응하고 있다.

"……그보다 오빠랑 사귀어요? 추천 안 하는데요?"

"그런가~? 나츠키는 좋은 사람이야."

"에이~ 실은 악의 조직 보스 같은 본성이…… 아니, 진짜로 사귀어요?!"

"쓸데없는 소리 하지 마, 나미카. 호시미야는 나미카로 놀지 말고 아니라고 좀 해 줘."

"아하하, 미안 미안."

그런 대화를 나누면서 아침 식사를 완성했다.

상차림은 호시미야와 나미카, 두 사람이 해주었다. 여자들은 친해지는 게 빠른걸.

"얏호, 나츠키가 직접 해준 요리다~."

"아니, 그냥 달걀이랑 햄, 비엔나소시지를 대충 구운 건데."

된장국은 어제 만들고 남은 것인 데다 밥은 어제 짓고 남은 걸 냉동해 둔 것이다.

거의 요리라 부를 만한 게 아니었다. 그렇게 말해도 여전히 호시미야는 기뻐 보였다.

"다들 나츠키가 알바하는 곳에 갔을 때 난 못 갔잖아."

순간 무슨 얘기인가 싶었는데, 그때 말이구나.

나와 나나세가 아르바이트를 하는데 타츠야네 세 사람이 찾아와 요리를 대접했다.

호시미야가 RINE 그룹 채팅방에 '치사해!' 하고 말했던 기억이 확실히 있다.

……그 무렵부터 호시미야는 여러 가지 것들을 참았던 것일지도 모른다.

그런 작은 것들이 점점 쌓였고 더불어 장래의 꿈과 친구까지 빼앗아 가려 했다.

게다가 가족에 의해. 지금까지 자신을 길러주었을 부모가.

"……나츠키?"

어리둥절한지 고개를 살짝 갸웃거리는 호시미야.
"……아무것도 아니야."
나는 고개를 젓고 아침을 먹기 시작했다.

*

호시미야가 이곳에 있어 주는 것은 기쁘다.
하지만 현실적으로 언제까지고 이곳에 있을 순 없었다.
하루가 지나 진정된 이상 무언가 해결책을 마련해야 했다.
그런 생각을 하며 방으로 돌아와 문을 열었다.
"——앗. 자, 잠깐만——."
그런 호시미야의 목소리가 들려왔을 때는 이미 손쓸 방도가 없었다.
"…………으엉?"
먼저 눈에 들어온 것은 하얀 브래지어였다. 재빨리 교차한 팔에 가려진다.
그러나 명백하게 양팔로는 채 가려지지 않는 크기다. 깊은 계곡에 의식을 빼앗겼다. 서둘러 시선을 내리자 배 부분에서 쏙 가늘어졌다가 그 뒤로 아름다운 허리 라인이 펼쳐졌고 하얀 삼각형 천에 가려진 부분에서 늘씬하게 뻗어 나온 허벅지가——.
"……저기. 그렇게, 너무 보지 말았음 좋겠는데."
얼굴을 새빨갛게 물들인 호시미야의 기어들어 가는 듯한 목소리를 듣고 제정신으로 돌아왔다.

"미, 미안!"

황급히 뒤돌아 그대로 방을 뛰쳐나와선 문을 닫았다.

쿵쾅쿵쾅, 심장의 고동 소리가 시끄럽다. 방 안에서 천이 스치는 소리가 난다.

호시미야의 속옷 차림이 눈에 새겨져 떠나가질 않았다.

그나저나 옷을 입으면 제법 말라 보인다 해야 할지…… 생각하던 것 이상으로, 있는걸…….

"……들어와도 돼."

방 안에서 목소리가 들려와 심호흡하고 문을 열었다.

호시미야는 외출용 사복으로 갈아입은 상태였다. 하얀색을 기조로 한 원피스가 사랑스럽다.

"……저기, 미안."

"나도 미안해. 자리에 없는 새에 빨리 갈아입어 버리려다가."

화난 건 아닌 듯싶어 안심했다.

그러나 조금 불만스럽게 입술을 비죽이고 호시미야가 말했다.

"……너무 빤히 볼 필요는 없었던 것 같지만."

네, 그 말대로입죠……. 드릴 말씀이 없습니다…….

호시미야는 작은 목소리로 "……변태." 하고 말했다. 나는 못 들은 척했다.

"오늘, 어떻게 할래?"

얘기를 돌리며 묻자 호시미야의 표정이 진지해졌다.

"……어젯밤에 많이 생각해 봤어."

침대에 앉는 호시미야. 나도 그 옆에 앉았다.

"이대로 도망쳐도 아무것도 변하지 않을 거야."

"……그러게. 그렇게 간단히 그 사람이 생각을 바꾸진 않겠지."

물론 세이 씨는 호시미야가 더 잘 알 것이다. 호시미야는 고개를 끄덕였다.

"그러니 이번 기회에 설득해야 해. 싸워서 이겨야 해."

"그게 되면 가장 좋을 것 같은데…… 뭔가 구체적인 방안이 있어?"

그렇게 묻자 호시미야는 고민스러운 표정으로 신음을 흘렸다.

"상황을 정리하자."

그래서 나는 그렇게 말하고 손가락을 세웠다.

"호시미야는 지금 가출을 했어. 세이 씨에게 반항하려는 거지. 그 이유는 취미와 장래의 꿈을 부정당하고 친구와 거리를 두란 소릴 들었기 때문이야. 여기까진 맞지?"

호시미야는 고개를 끄덕였다.

해결해야 할 문제는 세세히 나누면 네 가지였다.

오래된 취미인 소설 쓰기를 그만두란 소릴 들은 것.

다음으로 장래의 꿈인 소설가를 포기하란 소릴 들은 것.

그리고 지금 사귄 친구들과 거리를 두란 소릴 들은 것.

마지막으로 무엇보다 속박이 너무 심한 것.

네 손가락을 세우며 문제를 명확하게 제시하자 호시미야는 한

번 더 고개를 끄덕였다.

우선 세이 씨가 소설을 그만두라고 말한 이유는 더욱 보람 있는 생활이 있다고 여기고 있기 때문이다. 공부든 운동이든, 다른 것에 시간을 쓰는 게 낫다고 생각하니까.

다음으로 소설가를 그만두라고 말한 이유는 아마도 자신이 이상적으로 여기는 딸의 장래가 걸려있기 때문일 것이다. 소설가란 불안정한 직업은 이상적이지 않으며, 될 수 있을 것이라고도 단정 지을 수 없다.

"……아무래도 이 부분에 현실적인 대답을 준비해야 할 거 같아."

말하는 바를 잘 이해하지 못했는지 호시미야는 눈을 깜빡였다.

"예를 들면 소설가를 목표로 하겠지만 다른 선택지도 포기하지 않겠다든가. 남들처럼 평범하게 진학해서 남들처럼 평범하게 취직하는 길도 남겨두고 데뷔를 노린다……처럼?"

중요한 것은 허황한 꿈을 꾸고 있는 게 아니라 현실적인 플랜이 있다고 제시하는 것이다.

세이 씨는 고집이 세지만, 그래 봬도 성공해 대기업 사장까지 올라간 인물이다. 감정적으로 호소하면 효과는 없겠지만, 논리적으로 설명할 수 있다면 납득할 가능성은 있었다.

"그건 원래부터 그럴 생각이었어. 조금 알아보기만 해도 팔리지 않으면 생활도 어려운 직업이란 건 아니까. 만약 되더라도 아마 그것과는 별개로 다른 직업은 가질 거야."

"……즉, 겸업으로 하겠단 거구나. 아버지한텐 말했어?"

"……말한 적 없어. 애당초 소설가가 되고 싶단 꿈을 얘기한 건 어제가 처음이라. 소설을 쓰고 있단 건 알려줬지만, 어디까지나 취미라고 생각했나 봐."

"그러면 그걸 설명하면 고려해 줄지도 모르겠는걸."

세이 씨는 타인을 장기 말처럼 다루는 사람이지만, 그것은 자신의 지시를 따르는 게 좋은 결과가 나온다고 생각하기 때문이다, 그렇게 취업 면접에서 말했다. 당연히 이런 얘기를 취준생에게 하는 사장은 그냥 생각해도 정신이 나간 것 같지만, 아무튼 간에, 중요한 것은 자기 능력에 자신을 갖고 있단 점이다.

호시미야를 엄하게 속박하고 자신이 조종하는 인형처럼 삼고 있는 이유도 마찬가지이리라.

딸의 판단보다 자신의 판단이 더 옳다고 믿고 있다.

그렇다면 그것을 뒤집으면 된다.

호시미야가 스스로 자기 일을 판단할 수 있는 사람이라고 증명하는 것이다.

전생 때 면접 얘기는 생략하며 그런 식으로 설명하자, 호시미야는 걱정스러운 표정을 지었다.

"……할 수 있을까, 내가."

세이 씨도 딸에 대한 정은 있다. 일그러졌다 해도 소중히 생각하기에 스스로 지시를 내리는 것이다. 아무래도 좋다면 아무 말도 하지 않을 것이 분명하다.

호시미야가 싸운다면 승산은 거기에 있었다.

"……알았어. 아빠가 날 믿게 만들면 되는 거지?"

호시미야는 이야기를 정리하듯이 말했다.

요약하면 즉, 그런 얘기였다.

"그게 되면 세 번째, 네 번째 문제도 해결될지 몰라."

딸의 생각을 신용하게 되면 교우 관계 하나하나에 참견하지 않게 된다.

다소는 속박도 느슨해질 것이다.

뭐, 통금에 관해선 확실치 않지만.

"나츠키는 역시 머리가 좋구나. 과연 전교 1등이야."

"아니, 그냥 상황을 정리했을 뿐이지. 애매하게 두면 답은 나오지 않아."

현재 문제를 명확히 하고 대책을 꾸리는 건 대학 시절에 연구를 통해 몇 번이나 반복했었다.

더는 못하겠다, 그런 감정만으론 아무것도 변하지 않는다.

대상이 무엇이 됐든 논리적으로 해결할 수밖에 없다.

……그런 어른들의 논리를 아이에게 사용하게 하는 것은 부모로서 좀 아니라고 생각하지만.

"응. 그러면 나, 많이 생각해 볼게. 아빠가 날 믿어줄 수 있도록."

가슴 앞에서 양손으로 주먹을 쥐며 호시미야가 굳세게 선언했다.

그 부분에 관해선 호시미야가 스스로 생각하는 게 낫겠지.

조언은 해줄 수 있지만, 너무 지나치게 도와주다가 내 생각대로만 하는 건 좋지 않다.

"으~음……."

바로 팔짱을 끼고 고심에 찬 얼굴로 끙끙거리기 시작하는 호시미야.

"생각하는 건 좋은데 어디 차분해질 수 있는 곳으로 안 갈래?"

집에는 나미카가 있어서 쓸데없이 말을 걸어와 귀찮을 것 같다. 쟤는 할 일도 없나?

"아, 응. 그러게. 그럴까."

그리하여 나도 나갈 준비를 시작했다.

벽장을 열자, 호시미야가 "오오~ 남자 옷이다." 하고 감탄의 목소리를 흘렸다.

요즘 산 것 말고는 촌스러운 옷밖에 없으니까 너무 보지 마…….

"그보다 갈아입고 싶은데……."

"나츠키도 내가 옷 갈아입는 거 뚫어지게 봤잖아."

"그거, 아직 용서 안 해주셨나요……?"

두려움에 떨자 호시미야는 즐거운 듯이 웃더니 방을 나갔다.

알기 힘든 농담은 좀 봐주길 바란다. 물론 속옷 차림은 눈에 새겨 놓았지만.

아무튼, 재빨리 갈아입고 나미카에게 인사한 뒤 집을 나섰다.

해가 구름에 가려져 있었지만, 후끈한 열기가 몸을 감쌌다. 오늘도 더운걸.

문득 떠오른 듯이 호시미야가 말했다.

"……그나저나, 우리 아빠를 잘 아네?"

"……회사 홈페이지에 실려 있더라고."

무척 구차한 변명이었지만, 호시미야는 "그래?" 하고 평범하게 납득했다.

*

우리 동네에는 카페나 패밀리 레스토랑 같은 건 존재하지 않기에 타카사키로 가는 전철에 올랐다.

어제도 방문한 호시미야의 단골 카페로 들어가기로 했다.

"어서 오세요."

과묵한 점주는 그렇게만 말하고 우리를 안내했다.

어제와 똑같이 가게 구석 창가 자리였다.

호시미야는 들고 온 노트북을 열고 고민스러운 얼굴로 끙끙거리기 시작했다.

그 모습을 바라보며 나는 나대로 여름 방학 숙제를 시작했다. 멍하니 있는 것도 심심하니까.

"……아빠는 있지, 실은 평범하게 소설 읽는 걸 좋아하거든."

키보드를 타닥타닥 두드리던 호시미야가 손을 멈추고 커피를 마셨다.

"그야말로 내가 소설을 읽기 시작한 계기가 아빠 서재에 있어서였고."

"……그러면 호시미야의 꿈을 인정받을 기반은 있어 보이는 걸."

"응. 생각해 봤는데…… 싸우려면 무기가 필요할 것 같아."

"무기?"
"그냥 대화를 나누려 해도 아빠가 상대해 줄 것 같지 않아서. 그러니까 증명할 거야. 내게 소설을 쓰는 재능이 있다고. 내 소설은 재미있다고 인정하게 할 거야."
응, 하고 호시미야는 강하게 고개를 끄덕였다.
확실히 세이 씨가 반대하는 이유 중 하나에는 애당초 소설가가 되리라 단정 지을 수 없다는 점이 포함되어 있겠지. 될 수 있을 리가 없다, 그렇게까지 생각할지도 모른다.
이 점에서 호시미야가 떠올린 무기는 유용할 것이다.
소설을 쓰는 재능이 딸에게 있단 걸 알면 생각을 바꿀 가능성이 있다.
"그래야 처음으로 대화의 무대에 설 수 있을 것 같거든."
딸에게 재능이 있단 것은 딸의 생각과 능력을 믿을 계기도 된다.
"좋은 생각 같아."
내가 수긍하자 호시미야는 가방에서 하얀 종이 다발을 꺼냈다.
그것은 어제도 본 호시미야의 소설 원고였다. 호시미야는 그 다발을 툭 하고 두드렸다.
"이 소설을 아빠에게 보여줄 거야. 최고 자신작이거든. 나츠키에게 지적받은 부분을 고치면 분명 재미있어질 테니까. 아빠는 소설 취향이 나랑 비슷하고."
그것은 호시미야가 세이 씨한테 닮은 게 아니고? 그렇게 생각했지만 말하진 않았다.

"나도 도와줄게. 그래도, 읽고 감상을 말하는 정도밖에 못 하겠지만 말야."

"……고마워. 기쁘긴 한데, 이래도 될까. 나츠키에게 계속 의지만 하고 있는데."

나츠키의 다정함에 어리광을 부리고 있지, 하고 호시미야는 말을 이었다.

"난 날 위해서 하고 있을 뿐이야. 그러니까 신경 쓰지 마."

거짓말은 하지 않았다. 나는 내가 호시미야를 돕고 싶다고 생각했기에 협력하고 있을 뿐이다. 호시미야를 더욱 알고 싶다고 생각했기에 이곳에 있을 뿐이다. 호시미야가 쓴 소설이 재미있다고 생각했기에 더 완벽한 작품을 보고 싶다고 생각했을 뿐이다. 전부, 날 위해서일 뿐이다.

다른 이유가 있다면 세이 씨에게 열이 받았기에 논파하고 싶을 뿐이다. 결코 개인적 원한이 아니다. 결코.

"……다정한 사람은 다들 그렇게 말하더라."

호시미야는 어쩐지 아름다운 것을 보는 듯한 눈동자로 중얼거렸다.

그리고 가슴 앞에서 양손으로 주먹을 쥐더니 의욕을 불어넣었다.

"좋았어, 힘내야지!"

그리고 소설 수정 작업이 시작됐다.

나도 여름 방학 숙제를 풀던 걸 멈추고 다시 한번 호시미야의 소설을 읽기로 했다.

조금이라도 싸움에 임하는 호시미야 히카리에게 힘이 될 수 있도록.

*

그 뒤로는 오로지 작업에 몰두하는 시간이었다.

내가 지적한 점을 호시미야가 수정하고, 어떻게 변경할지 고민할 때는 나도 함께 골똘히 생각한 뒤 대화를 나눠 개선안을 내고 호시미야가 납득한 방법으로 수정해 나간다.

……뭐랄까, 창작자는 대단하다고 느꼈다.

나는 문제점의 언어화는 잘했다. 이야기의 구성과 전개를 보고 어디가 좋지 않다고 느꼈는지 분석할 순 있었다. 하지만 그것을 해결하려면 어떻게 해야 하는지 알 수 없었다.

그러나 호시미야는 좋고 나쁜 건 제쳐놓더라도 연이어 아이디어를 냈다. 호시미야는 "머릿속에 무대를 만들고 캐릭터를 움직이는 거야." 라고 했지만, 내게 그것은 불가능했다.

진지한 얼굴로 키보드를 두드리는 호시미야가 멋있어 보였다.

……지금 미리 사인을 받아둘까.

"응?"

그런 생각을 하고 있는데 주머니의 스마트폰이 경쾌한 소리를 울렸다.

수신 화면에 표시된 이름은 나나세 유이노였다.

고개를 든 호시미야에게 "잠깐 받고 올게." 하고 말하고 카페 밖에서 전화를 받았다.

『안녕, 하이바라.』

"어어. 혹시 호시미야 때문에?"

『혹시는 무슨. 당연히 맞지.』

"……화났어?"

『딱히 화 안 났어. 어제 우리 집에 히카리네 부모님이 히카리가 어디 갔는지 물어서 걱정하고 있었는데도 하이바라한테선 아무 연락도 없었지만, 딱히 화 안 났어.』

틀림없이 화가 났다.

"……미안."

나도 솔직히 여유가 없어서 다른 일에까진 생각이 미치지 못했다.

『그래도 히카리한테선 연락이 왔으니 다행이지. 근데 너희 집에 묵는다고 적혀 있어서 눈을 의심했어. 그래 보여도 그리 쉽게 남자를 믿을 애가 아닌데.』

"……뭐, 호시미야도 일이 많아서 궁지에 몰려있었나 보더라고."

『사정은 어느 정도 들었고 짐작은 가는데. 앞으로 어떻게 할 거니?』

"일단 해결 전략을 세우곤 있어."

호시미야와 생각한 조금 전 계획을 말하자 나나세는 『……그렇단 말이지.』 하고 중얼거렸다.

『지금 어디에 있어? 알려준 그 카페?』

“어어. 나나세가 알려준 커피점 루비 메어야.”

『거기서 잠깐 히카리랑 같이 있어. 지금 나도 갈 테니까.』

나나세는 담담히 말하고 전화를 끊었다.

평소보다 무섭다. 천사 같던 나나세는 어디로 갔니……?

나나세에게 연락하지 않은 건 내 잘못도 맞긴 하다. 아니, 나나세나 미오리에게 상담하고 싶다는 발상은 있었지만, 솔직히 그럴만한 시간도 여유도 없었다. 밤도 늦은 시간이었으니.

“나나세가 이리로 온대.”

호시미야에게 그렇게 전하자 “헉.” 하며 호시미야가 몸을 움츠렸다.

“유, 유이노…… 화 안 났어?”

“……화났더라. 역시.”

“히, 히이…… 아빠가 귀찮아서 폰 소리를 꺼놨는데 유이노한테서도 전화가 온 걸 나중에 알았거든…… 당황해서 바로 RINE으로 대답하긴 했는데…….”

둘이 전전긍긍하며 기다리고 있자, 딸랑 하는 종소리가 울렸다.

가게 입구의 문이 열리고 사복 차림의 나나세가 모습을 드러냈다.

머리에 오도카니 얹은 베레모, 캐주얼한 무늬가 들어간 티셔츠에 미니스커트. 늘씬하게 뻗은 맨다리가 아름답다. “더워…….” 하며 지긋지긋하다는 표정을 띠고 있었다.

"야, 야~……."
"이, 이쪽이야~."
나와 호시미야가 살짝 겁을 먹으면서도 말을 걸자, 나나세는 입을 다문 채 다가왔다.
호시미야 쪽이 노트북 등으로 좁아서 그런지 내 옆에 앉더니, 점주를 불러 아이스 카페라테를 주문하는 나나세. 일련의 행동을 마치자 나나세는 그제야 우리를 보았다.
"히카리."
"네, 넵!"
움찔 하고 호시미야가 어깨를 떨었다.
"왜 나한테 상담 안 했어?"
"저기, 무슨 일이 있을 때마다 유이노한테 매달려서…… 매번 민폐니까, 알아서 어떻게든 해보려다가……."
"민폐 같은 거 아냐. 그리고 결국 하이바라를 의지했으니 마찬가지잖아."
"윽…… 미, 미안해……."
호시미야는 대미지를 받은 표정으로 축 늘어졌다.
"애당초 사귀지도 않는 남자 집에 묵는 건 아니지 않아? 히카리. 너한텐 위기의식이란 게 없니? 하이바라가 겁쟁이라 무사히 끝난 거지."
"야."
사람을 멋대로 겁쟁이 취급하지 마.
한 소리 했지만 나나세가 날 노려보았다.

이번에는 내가 분노의 대상이 된 모양이다.

"너도 너야. 다른 방법은 없었어?"

"아니 그게, 밤도 늦었고 장소가 장소였던지라, 나도 당황해서 여유도 별로 없었다고……. 아, 그래도 아무 짓도 안 했거든?"

"아무 짓도 안 한 건 알거든."

호시미야가 창밖을 바라보며 조용히 중얼거렸다.

"……속옷은 봤지만 말이지."

그거, 아직도 속에 담아두고 계신가요???

"하이바라?"

"불가항력이었다고!"

꺼림칙한 미소를 띤 나나세가 귀를 잡아당겨 황급히 변명했다. 누구 잘못이냐 따지면 호시미야 잘못이잖아! 난 잘못 없어! 눈에 새기긴 했지만!

"……미안해. 걱정 끼쳐서."

호시미야가 깊이 고개를 숙였다.

그런 호시미야를 보고 나나세는 한숨을 푹 내쉬었다.

"……뭐, 됐어. 별일 없었으니까."

자리가 진정된 타이밍에 아이스 카페라테가 테이블로 나왔다.

나나세는 그것을 마시고 목을 축이며 이야기를 계속했다.

"하이바라한테 아까 얘기 들었어. 세이 씨랑 싸울 거지?"

호시미야는 긴장된 얼굴로 고개를 끄덕였다.

"……할 수 있겠어? 지금까지 계속 거스르지 않았는데 이제 와서 싸울 수 있겠어?"

쌀쌀맞게 들리는 건 호시미야를 시험하고 있기에 그런 것이겠지.

나나세는 분명 나보다도 호시미야와 세이 씨 사이의 역사에 이해가 깊을 것이다.

그렇기에 정말로 그럴 각오가 있느냐 묻고 있었다.

"나한테도 양보할 수 없는 게 있으니까."

강한 어조로 단언하는 호시미야.

나나세는 그런 호시미야를 지긋이 바라보았다.

"……알았어. 그러면 나도 도와줄게. 지금은 소설 수정 작업 중이야?"

"응. 꽤 좋아진 것 같거든. 유이노도 읽어줬으면 좋겠어."

호시미야는 그렇게 말하고 "아, 근데 어떡하지." 하고 당황했다. 원고 수정 작업이 대충 끝난 건 맞지만, 그것을 종이로 출력하지 않으면 다른 사람이 읽기 힘들지. 호시미야의 노트북으로 읽게 하는 거야 간단하지만, 그러면 호시미야가 작업을 할 수 없게 된다. 조금 효율이 안 좋다.

"……프린터라면 저기 있습니다. 마음대로 쓰셔도 됩니다."

카운터에서 잔을 닦던 점주가 이쪽을 보지도 않고 말했다.

점주가 보는 방향에는 낡은 프린터가 있었다.

"가, 감사합니다!"

호시미야는 감사를 전하곤 수정된 원고를 인쇄하기 시작했다.

"……그래, 저 애 옆에 있어 달라고 말한 건 나니까."

그런 호시미야의 모습을 바라보며 나나세가 말했다.

"어땠어? 저 애한테 힘이 되어줬어?"

"……아니, 난 딱히 아무것도 못 했어. 소설도 감상을 조금 말해준 정도고."

"……그래. 그러면 그런 셈 쳐 줄게."

그 뒤로 나나세는 수없이 수정을 마친 호시미야의 혼신이 담긴 원고를 읽기 시작했다.

호시미야는 안절부절못하면서도 다시 한번 원고 체크에 들어갔다. 오탈자나 이상한 표현은 없는지 한 문장, 한 문장, 확인하고 있다. 나도 호시미야의 퇴고 작업을 돕기로 했다.

정신을 차리니 하늘이 노을빛으로 물들어 있었고 나나세가 다 읽었을 무렵에는 밤이 되어 있었다.

"……이건, 확실히 재밌는걸."

나나세는 곱씹는 듯한 어조로 그렇게 말했다.

긴장하던 호시미야는 나나세의 말을 듣고 안심한 듯이 어깨의 힘을 풀었다.

"……다행이다~. 제대로 재밌어졌구나."

"나랑 호시미야는 너무 반복해서 읽어서 이젠 잘 모르게 돼버렸거든."

"맞아! 어라? 정말 이래도 되던가? 계속 그런 상태가 되는 바람에……."

시끄럽게 떠드는 우리를 보고 나나세의 표정이 고민으로 물들었다.

"난 자세한 건 모르겠지만 제대로 재미있어졌어. 근데……."

무언가 신경 쓰이는 점이 있는 걸까. 호시미야의 표정이 긴장으로 딱딱해진다.

"이 주인공은, 아무튼, 히카리나 다름없지?"

호시미야는 "어?" 하고 말하곤 얼어붙었다. 어떨까? 주인공인 마미카는 수수하고 얌전한 여자아이지만 추리력이 있다. 평소 호시미야와는 닮은 듯하면서도 닮지 않았지만, 호시미야의 옛날이야기를 들어보면 확실히 그럴지도 모른다. 추리력도, 뭐, 실제로 미스터리 소설을 쓰고 있으니까.

"그것 자체는 괜찮은 것 같은데……."

나나세는 원고를 팔랑팔랑 넘기며 나와 호시미야를 번갈아 바라보았다.

"이 파트너 남자애는 모델이 하이바라지?"

……어? 그래?! 하고 이번에는 내가 놀라 눈을 휘둥그레 뜨고 얼어붙었다.

주인공, 즉 마미카의 파트너인 소년, 신타로. 반에서 인기가 있고 행동력이 있으며 평소엔 싹싹한 태도로 웃고 있지만 실은 사려 깊고 냉정하다. 아니, 이게 어디가 나야???

"전혀 다른 것 같은데?"

진심으로 나나세에게 그렇게 전하자, 나나세는 어이없다는 얼굴로 호시미야를 가리켰다.

호시미야는 사과처럼 얼굴을 새빨갛게 물들이고 나와 시선이 맞은 순간 눈을 피했다.

"왜 그래? 혹시 정말로 그래?"

"아, 아…… 아닌데?! 저기, 전혀, 요만큼도, 아니야!"
"아니, 그렇게 막 부정할 것까지야……."
왜 그렇게 당황한 거야?
설령 내가 모델이라 한들 무슨 문제가……라고 생각한 순간, 떠올렸다.
――주인공인 마미카는 이야기 도중부터 파트너인 신타로를 좋아하게 된다.
그것은 그야말로 신타로 말곤 다른 생각은 할 수 없을 만큼.
"……."
"……."
내 볼에 열이 오르는 것을 자각했다.
호시미야의 얼굴을 똑바로 바라볼 수 없었다. 견디기 힘든 침묵이 내려온다.
아니, 진정해. 어디까지나 소설 속 얘기다. 결코 그대로 현실로 이어지는 게 아니다.
"아무튼 그건 아무래도 좋은데."
……아무래도 좋으면 폭탄을 떨구지 마시죠?
"이 남자애의 캐릭터가 조금 애매하게 흔들리는 것처럼 느껴져서. 누군가를 모델로 삼았다면 더 확실하게 묘사해야 좋아질 것 같다고 느꼈어."
나나세는 "신경 쓰인 건 그게 다야." 하고 이야기를 끝맺었다.
나나세가 재미있다고 느낀 건 좋은 일이다. 신경 쓰인 점도 하나뿐.

게다가 수정이 어려운 문제가 아닌 데다 해결책까지 제시해 주었다.

확실히 지적할 정도는 아니었지만, 그 부분은 나도 조금 신경이 쓰였다.

만약 내가 모델이라 한다면 명백하게 지나친 미화가 들어갔다.

그 점만 고치면 더 완벽한 원고가 될 것이다.

그것은 알고 있다. 알곤 있지만…… 이 분위기, 어쩔 거야?

"……그럼, 나츠키. 조금, 저기…… 이것저것 물어봐도, 돼?"

"……물론, 그, 알려주는 거야 상관없는데……."

그런 우리의 모습을 나나세가 어이없다는 얼굴로 바라보더니 손목시계로 시선을 옮겼다.

"오늘은 여기까지 하자. 시간도 많이 늦었어. 히카리 통금 시간 같은 건 진작에 지났고."

"……진짜네. 집중하느라 몰랐어."

창밖을 보니 완전히 캄캄했다.

"……근데, 어떡하지. 아직 완성 못 했는데……."

집으로 돌아가면 필연적으로 세이 씨와 싸워야 한다.

아직 그 준비를 마치지 못했다. 적어도 앞으로 하루는 필요했다.

그렇다지만, 우리 집에서 하루 더 묵는 건 어렵겠는데. 오늘은 엄마도 돌아와 있다.

엄마를 설득하면 불가능하진 않겠지만 어떨는지. 우리 엄마를 생각해 봤을 때, 재 부모님한테 연락은 제대로 해야지! 하는 말을 꺼낼 수도 있다.

"히카리, 오늘은 우리 집으로 와."

"……그래도 돼? 유이노."

"하루만이야. 내일은 꼭 집으로 돌아가게 할 거야. 히카리 가출을 도와줬단 걸 들키면 어머니가 화를 낼 테니까. 들키지 않도록 해야지."

그러는 게 좋을 것 같다.

우리 집에 묵는 것보다야 훨씬 건전하다.

"……고마워, 유이노. 너무 좋아."

호시미야는 감격에 겨운 듯이 나나세를 껴안았다.

"좀, 히카리, 이거 놔." 하고 당황하는 나나세도 귀엽다.

그리하여 오늘은 해산하게 되었다.

*

집에 돌아오자 타박타박 발소리가 다가온다.

일부러 나를 마중 나온 나미카는 폴짝 까치발로 내 뒤를 들여다보았다.

"……호시미야 언니는?"

"이제 집에 갔어."

엄밀히 집에 간 것은 아니었지만, 편의상 그렇게 대답했다.

"에이~. 보고 싶었는데."

불만스럽다는 듯이 입을 비죽이는 나미카 옆을 지나 방으로 돌아갔다.

샤워를 하고 엄마가 해준 저녁밥을 배불리 먹고 침대에 누웠다.

……떠오르는 것은 호시미야의 새빨간 얼굴이었다.

주인공이 호시미야와 판박이고 주인공이 좋아하는 남자애의 모델이 나.

즉…… 그런 건가??? 이젠 그냥 그런 셈 쳐도 되는 거 아냐?

오히려 그래 줬으면 싶기조차 하다. 부탁이니 제발 그래 주라.

침대 위에서 빌고 있는데 스마트폰으로 전화가 걸려 왔다.

화면에 표시된 이름은 호시미야 히카리였다.

『아, 안녕.』

"그, 그래. 안녕."

명백하게 긴장한 목소리에 나도 이끌렸다.

『지금, 괜찮아?』

"응. 멍 때리고 있었어."

『뭐야, 그게.』

쿡쿡거리며 웃는 소리가 들려온다.

『있지. 이것저것, 나츠키에 대한 거 물어봐도 돼?』

"얼마든지."

회귀한 것만 빼면 뭐든지 대답해 줄 수 있지.

자아, 뭐든 물어봐! 고등학교 데뷔가 들킨 지금의 난 무적이니까!

『그러면 나츠키는…… 날, 어떻게 생각해?』

…………뭐, 라고……?

들고 있던 방패째 검으로 꿰뚫린 기분이었다.

"어떻게 생각하냐니…… 그, 어떤 의미로?"

『…….』

거기서 입 다물지 말아 줄래?!

『저기, 그…… 내, 인상이라든가?』

"그야, 뭐, 착하고 밝고…… 사실은 조금 다를지도 모르지만, 적어도 내 앞에선 쾌활하고 명랑하고 또, 귀엽고 착한 아이구나, 그런 느낌……?"

말하면서 점점 고백처럼 되는 듯싶어 황급히 말을 끊었다.

『그, 그렇구나……. 응, 고마워.』

정말 이런 대답으로 괜찮을까…… 그렇게 생각하고 있는데 호시미야가 물었다.

줄줄이 연이어 멎지 않는 비처럼.

『나츠키는 친구를 소중히 여기지. 이유가 뭐야?』

『나츠키는 왜 고등학교 데뷔를 하려고 생각했어?』

『나츠키네 가족은 어떤 사람들이야? 여동생은 어제 봤는데.』

『나츠키는 평소에 뭐 해? 그, 취미라든가…….』

『나츠키는 중학교 시절에 어떤 느낌이었어?』

『나츠키가 좋아하는 음식은 뭐야? 라멘이라든가?』

『나츠키는 애인이 갖고 싶어?』

『나츠키는 어떤 여자애가 좋아?』

『나츠키는…… 지금, 좋아하는 여자애, 있어?』

모든 질문에 답하고 숨을 고르는 듯한 침묵의 시간이 찾아왔다.

『……그렇구나.』

그것이 무엇에 대한 대답인지 나로선 알 수 없었다.

문득 스마트폰에서 피아노 소리가 울리기 시작했다.

순간 무슨 동영상이라도 켜진 줄 알았지만, 그것은 전화 너머에서 들려온 소리였다.

"이 피아노 소리는……."

『아, 들려? 유이노가 피아노 치기 시작했거든.』

전화 너머로도 실력이 좋은 것을 알 수 있었다. 치고 있는 곡은 히사이시 조의 'Summer' 다.

『내가 아무거나 여름 같은 곡을 쳐달라고 그랬어.』

"선곡이 좋은걸. 작업도 잘되겠어."

『그러게. 물어보고 싶은 것도 물어봤으니 작업으로 돌아갈까.』

"호시미야."

불러세웠지만 무슨 말을 해야 좋을지 알 수 없었다.

"나는……."

꼬치꼬치 질문을 받아 나 자신을 되돌아볼 좋은 기회가 됐다.

모든 것을 솔직하게 대답했다고 생각한다. 하지만 마지막 질문만은 솔직했다고 단언할 수 없었다.

나는 긍정했다. 그 대답에 거짓은 없었다. 하지만 말하지 않은 것이 있었다.

그것은 두 사람이 있다는 사실이다. 둘 다 비슷할 만큼 좋아했고 한쪽을 선택하지 못했다는 사실이다.

『……아마도, 대충 알아. 나.』

호시미야가 그렇게 대답해 내 호흡이 순간 멎었다.

그 말의 의미를 캐묻는 것이 별로 좋은 방법이란 생각은 들지 않았다.

『괜찮아. 그건 소설과는 관계없으니까. 캐릭터가 조금 명확해질진 모르겠다.』

그리고 간단하게 인사를 나누고 호시미야와의 전화를 끊었다.

……딱히 이상한 얘기는 아니다. 나는 호시미야에게 비교적 노골적으로 대시했다. 그러며 우타와 칠석 축제에 함께 간 것도 사실이다. 그리고 우타는 누가 보더라도 날 좋아한다는 것이 뻔히 보였다. 하지만 나와 우타는 사귀는 사이가 아니다. 그 이유는 호시미야가 가장 눈치채기 쉽지 않았을까. 저리 보이지만, 실제로 호시미야는 사람을 잘 관찰했다.

……결국 호시미야는 날 어떻게 생각하고 있는 걸까?

딱히 싫어하진 않을 것이며 오히려 좋아해 주곤 있을 텐데……
그건 사랑인가?

아무것도 모르는 건 항상 나쁜이었다.

*

다음 날. 나는 드물게 오전 시간에 아르바이트를 하고 있었다.

아르바이트를 마치고 가게에서 식사한 뒤 빠른 걸음으로 향한 곳은 어제 그 카페다.

이제는 지정석이 되어버린 가게 구석 창가 자리에 나나세와 호시미야가 앉아있었다.

"나츠키!"

호시미야는 나를 발견하고 꽃이 피듯이 활짝 미소를 지었다.

"마침 수정 끝났어! 이거라면 분명 괜찮을 거야! 나도 자신감이 샘솟기 시작했어!"

이전에 없었을 만큼 흥분했다.

기분이 날아갈 듯한 호시미야에게서 나나세로 시선을 돌리자 그녀는 어깨를 으쓱였다.

"나도 확인했는데 이제 트집 잡을 게 전혀 없어. 원래부터 재미있었으니까."

"그러면 나도 잠깐 확인할까. 수정한 부분이 어딘지 알려줄래?"

"응! 여기랑 여기랑── 그리고 이 장면 대화도 전체적으로──."

수정한 부분을 읽어 보니 확실히 좋아졌다. 그보다는…… 내가 됐다.

어제 내가 대답한 것이 그대로 대사가 되어 있기도 해서 부끄러웠다.

"……괜찮아? 이거 거의 나 아냐?"

"……그렇게 됐는데 역시 안 될까?"

"안 되진 않는데 주인공이 좋아하게 되는 남자니까 더 멋있는 대사도──."

"──괜찮아. 이래도, 충분히 멋있으니까."

호시미야는 홱 고개를 돌리며 내 말을 잘랐다.

충분히, 멋있어……?

그런가? 거의 나나 다름없는데……?

하지만 확실히 전체 완성도는 좋아졌다. 문제는 내가 창피할 뿐이다.

"——응. 재밌어졌어. 재밌어, 이거! 되겠어!"

호시미야에게 자신감을 실어주려고 힘차게 단언했다.

어느새 제목도 가제로 두었던 '여름 바다 이야기'에서 '탐정 소녀는 사랑을 모른다'로 바뀌어 있었다. 요즘 라이트 문예 느낌이라 괜찮아 보인다.

무기는 준비했다. 나머지는 집에 돌아가 싸우기만 하면 된다.

그렇게 생각한 순간 벌어진 일이었다. 가게 문이 열리는 종소리가 울렸다.

왠지 모르게 안 좋은 예감이 들었다. 성큼성큼 발소리가 망설임 없이 이쪽으로 다가온다.

돌아보자 그곳에 있는 것은 호시미야의 아버지—— 세이 씨였다.

"……여기 있었구나, 히카리."

차갑게 울리는 담담한 어조였다.

테이블 아래에서 호시미야의 떨리는 손이 보였다.

그래서 나는 그 손을 쥐었다. 그리고 일부러 뻔뻔스러운 태도로 인사했다.

"……안녕하세요, 호시미야네 아버지. 무슨 일이시죠?"

"……네게 볼일은 없다. 묘한 도발 하지 말아라. 어차피 딸애가 너희를 의지하고 있었겠지. 불편하게 해서 미안하다곤 생각한다. 하지만 여기부터는 가족 문제야."

세이 씨는 냉정하게 내 말을 받아넘겼다.

며칠 지나 머리를 식힌 모양이다.

"가자, 히카리. 더 이상 남한테 피해 주지 마."

"……나한테 피해 주지 마, 를 잘못 말한 거 아냐?"

새파란 얼굴로, 떨리는 목소리로, 그럼에도 호시미야는 강하게 되받아쳤다.

"……뭐라고?"

세이 씨가 눈살을 찌푸렸다.

"일단 말해두겠는데요, 저희는 불편하다고 생각 안 합니다. 친구가 도와달라고 하는데. 도와주는 건 당연한 일일 뿐이죠."

일부러 감정을 배제하고 담담히 말했다.

내가 할 수 있는 것은 거들어 주는 것뿐이다. 싸우는 것은 내가 아니다.

"……가는 건, 좋아. 원래 오늘 집에 갈 생각이었으니까."

"그러냐. 그러면——."

"——그 대신, 내 얘기를 들어줘."

호시미야가 고개를 들었다.

무표정한 세이 씨와 시선을 마주친다.

세이 씨는 힐끗 테이블 위를 바라보았다.

노트북과 원고를 보고 입을 열었다.

"……소설가가 되고 싶다고 했었지. 그 얘기냐?"

"그것만이 아니지만, 그것도 있어. 난…… 소설가가 될 거야."

"더 보람 있는 생활을 보내라고 했던 내 얘길 못 들은 거냐? 이것 때문에 대체 며칠을 쓸데없이 보냈지? 안 그래도 성적도 별로 안 좋건만."

"성적은, 더 올릴 거야. 공부도 제대로 할게. 소설가를 목표로 하더라도 다른 선택지도 찾을 거야. 설령 됐다 해도, 처음엔 겸업으로 해나갈 것 같으니까."

"……그저 꿈같은 소리만 하던 건 아닌 모양이구나. 그걸 약속할 수 있다면 취미로 계속하는 정도는 인정해 줄 수도 있다. 하지만 장래는 또 다른 얘기야. 넌 지금 겸업이라 간단히 말했지만, 요령 없는 네가 그럴 수 있을 것 같으냐? 애당초 소설가가 될 만한 재능이 네게 있는지부터가 근본적인 문제지. 나는 그리 생각하지 않는다."

담담히 세이 씨가 말한다.

떼를 쓰는 딸을 타이르듯이.

"얌전히 내 말대로 하는 게 틀림없이 유복하고 행복한 인생을 보낼 수 있을 거다."

"……그건, 아니야. 내 인생은 내가 정해."

"아직도 이해를 못 하겠단 거냐? 널 생각해서 이렇게 말하고 있는 거다. 떼쓰지 마."

"떼쓰는 건 아빠잖아. 멋대로 자기 생각을 강요하지 마."

"……히카리. 네 마음은 이해한다. 나도 어릴 적엔 지금은 안 계신 아버지 말씀대로 지냈었지. 엄격하게 교육을 받았다. 거스르고 싶을 때가 한두 번이 아니었어. 포기한 것도 적잖이 있었지. 하지만 결과적으로 그를 통해 난 성공했다."

그렇게 말하는 세이 씨는 자신이 옳다고 믿어 의심치 않는 모습이었다.

"생활은 유복하지. 회사도 성장세야. 지금은 아버지가 내 행복을 생각해서 엄하게 대했단 걸 안다. 그래서 똑같이 이번에는 널 행복하게 해주고 싶은 게 내 마음이야."

진심으로 말하는 것이리라. 진심으로 딸의 행복을 바라고 있다.

그렇기에 무시무시하다고 느꼈다. 차라리 악의를 가진 사람이 더 낫다.

"사람은 다 달라. 그 방법으로 아빠가 행복해졌다 해도 나도 똑같을 거라 단정 지을 순 없어. 난 남의 지시를 따라 살아가는 삶을 행복하다고 생각하지 않아."

"적당히 못 해! 난——."

"——애당초, 아빠는 정말로 행복해?"

호시미야가 그렇게 묻자, 허를 찔린 듯이 세이 씨가 입을 다물었다.

"회사는 잘 돌아갈지 몰라도 엄마랑은 계속 사이가 안 좋고 싸움만 하고, 돈은 있어도 가족 같은 건 있지도 않잖아. 나도 아빠가 싫어. 이런 상태인데 정말로 행복해? 그렇게 자기한테 들려주고 있을 뿐인 거 아니야?"

거기서 세이 씨는 처음으로 표정을 일그러뜨렸다.

"여태껏 자기가 잘못했던 걸 인정하기 싫을 뿐인 거 아니야?"

다그치듯이 호시미야가 말한다.

"이 녀석……!"

세이 씨는 무심코 호통을 치려다가 곧 마음을 진정시키려는 듯이 숨을 토해냈다.

이렇게 냉정할 수 있는데 왜 이리 고집불통인 건지.

이윽고 세이 씨는 표정을 찌푸린 채 어깨를 으쓱였다.

"……그럼, 어떻게 하란 거냐. 난 계속 이렇게 살았다. 지금은 계시지 않는 아버지를 흉내 내며, 남을 뜻대로 움직였지. 이것 말고 다르게 살아가는 법을, 나는 모른다."

세이 씨의 자포자기하는 듯한 말에 호시미야가 외치듯이 말했다.

"모르면, 알아가면 되잖아! 아빠는 그게 무서워서 그런 거야! 나보다 훨씬 어른이면서 겁쟁이라고! 나한테도 그렇게 살아가는 걸 강요하고 있잖아!"

지금까지 살아온 16년간의 마음을 말에 담아.

의자에서 일어선 호시미야 히카리는 세이 씨를 똑바로 바라보고 선언했다.

"——난 아빠랑은 달라! 내 꿈도, 친구도 내가 정할 거야! 그래서 괴로워진다 해도, 행복해지지 않는다 해도 내가 선택했다면 후회하지 않아!"

가게 안이 적막에 휩싸인다.
생뚱맞게 밝은 BGM만이 계속 흐른다.
가게에 민폐인 말싸움이 벌어졌지만 점주는 참견하지 않았다.
우연히 다른 손님이 없는 덕이겠지. 평소엔 5, 6팀이 더 있지만.
"그, 러냐……."
한동안 호시미야와 마주 보던 세이 씨는 천천히 한숨을 쉬었다.
"이거, 읽어줘."
그런 세이 씨에게 호시미야는 앞에 있던 소설 원고를 내밀었다.
"……뭐냐, 이건?"
"내가 쓴 소설. 재능이 없다고 단언하기 전에 제대로 읽고 확인해."
흥 하고 세이 씨가 콧방귀를 뀌었다.
귀찮다는 듯한 표정을 하면서도 받아 들었다.
"……좋다. 그렇게까지 말하니 읽어줄 수도 있다."
"그걸 읽고 재미있다고 느끼면 인정해 줘!"
그 대사를 준비해 놓은 듯이 호시미야가 말했다.
세이 씨는 표정은 그대로 "……뭘 말이냐?" 하고 의문을 표했다.
호시미야는 크게 심호흡하고 맞잡은 내 손을 세게 꽉 쥐었다.
"난 이제, 아빠가 조종하는 인형은 안 될 거야. ——그걸 인정해 줘."

세이 씨는 한동안 입을 다물곤 호시미야의 얼굴을 물끄러미 바라보았다.

"조종하는 인형이라."

이윽고 귀찮다는 듯이 콧방귀를 끼었다.

"내가 네 바람을 인정하지 않으면 넌 계속 집을 나가 있을 셈이냐?"

"그, 그건…… 아니야. 언제까지고 친구 도움을 받을 순 없으니까."

"그러면 넌 어찌 됐든 집으로 돌아올 수밖에 없는 셈이다만."

세이 씨의 담담한 말에 호시미야는 "……윽." 하고 반론하지 못한 채 입을 다물었다.

"……뭐 좋다. 네 바람은 알았다."

그리곤 원고를 옆구리에 낀 채로 빙글 등을 돌렸다.

"가자. 네 바람을 들어는 주마. 물론 내가 이 소설을 좋게 평가할 거라곤 단언할 수 없지만 말이다."

파랗게 얼굴이 질려 있던 호시미야는 그런 세이 씨의 뒷모습을 보고 눈을 껌뻑였다.

그리고 나는 잡고 있던 손을 놓고 망연히 있는 호시미야의 등을 밀어주었다.

"다녀와."

"분명 괜찮을 거야, 히카리."

나나세와 둘이서 힘차게 고개를 끄덕여 주자, 호시미야도 "응!" 하고 말하곤 자리에서 일어섰다.

세이 씨는 "죄송합니다, 소란스럽게 굴어서." 하고 점주에게 고개를 숙이고 가게를 나갔다.

호시미야는 종종 발소리를 내며 그 뒤를 따라갔다.

"……이제 전부 잘 풀릴까?"

"……글쎄. 뭐, 아무리 그래도 호시미야의 바람을 전부 들어주진 않겠지."

저 모습이라면 지금까지처럼 고집스럽게 부정하진 않을 것이다.

그리고 지금의 호시미야는 불합리함에 반항할 수 있는 의지를 지니고 있다.

"……뭐, 아마 괜찮을 거야."

무엇보다 세이 씨는 타인을 장기 말처럼 다루는 사람이지만, 동시에 이렇게도 말했다.

——스스로 생각해서 움직일 줄 아는 인재는 귀중하다고.

타인에게 지시를 내리는 솜씨가 뛰어난 세이 씨이기에 할 수 있는 말이었다.

부모로선 아니라고 생각하고 사람으로서도 아니라고 생각하지만, 일하는 능력은 있으니까.

그것과는 별개로 날 최종 면접에서 탈락시킨 것은 여전히 용서 못 한다.

어찌 됐든 회귀했을 것이니 상관없지 않냐고?

멍청아! 그런 문제가 아니거든!

요즘 그리 연락을 안 했던 탓인지 미오리가 화나 있었다.

『그래~ 그러셔. 딱히, 나 같은 건 이제 필요 없다고 한다면야 상관없는데.』

전화 너머로 불만스러운 목소리가 들려온다.

"미안하다니까. 이유는 방금 설명했잖아."

게다가 호시미야에 대한 건은 호시미야의 사생활에 깊이 관련되어 있었다.

나도 미오리의 도움을 받고 싶었지만, 아무 말도 하지 못한 이유는 주로 그 때문이었다.

『뭐, 이해야 가는데…… 어쩐지 열 받아…….』

호시미야 일을 대충 설명한 뒤에도 미오리는 투덜거렸다.

딱히 내가 미오리를 의지하지 않았다고 해서 미오리가 손해를 본 것도 아니건만.

『그래서…… 결국 히카리는? 여행은 갈 수 있대?』

"어째 겸사겸사 그것까지 설득했다나 봐."

호시미야가 쓴 소설은 재미있다. 세이 씨도 그것을 인정한 모양이다.

실제로 이것은 내 편애가 섞였을지도 모르나, 소설 상을 받을 수준이라고 생각한다.

그 덕에 호시미야는 어느 정도 세이 씨에게 강하게 나설 수 있게 됐고 성적을 올리겠다는 약속을 하는 대신 취미인 소설 쓰기를 계속하는 걸 허락받았고 본업으로 삼을 직업도 찾는 대신 소설가를 목표로 하는 것도 인정하게 하였다. 교우 관계도 스스로 판단할 수 있도록 인정하게 하였으며 어째 겸사겸사 바다에 여행을 가는 것도 허락받았다. 하지만 어째선지 그냥 통금만은 풀리지 않았다고 한다.

세이 씨는 "딸이 반항기가 됐어……." 하고 한탄했다는 모양이다. 웃긴다.

『즉, 전부 좋은 느낌으로 해결됐단 거구나.』

"응. 호시미야가 가출했다고 들었을 땐 어찌 되나 싶었는데, 잘됐어."

호시미야에게서 보고 전화를 받았을 때는 정말로 마음을 놓았다.

그 뒤로 일주일이 지났다. 이제 바다 여행이 이틀 앞으로 다가왔다.

여행 그룹 채팅을 거슬러 올라가자 호시미야가 "가는 거 확정됐어!" 라는 채팅과 '문제없음!' 하고 엄지를 세우는 캐릭터의 이모티콘을 보내놓았다.

지금은 뭘 준비해야 하는지로 채팅방이 들끓고 있었다.

"……그쪽은 어땠어?"

물어봐야 할지 망설였지만, 그냥 넘어가는 것도 이상해서 미오리에게 물었다.

내가 미오리에게 상담하지 않은 이유는 하나 더 있었다.

그것은 여자 농구부의 인터하이 예선이 가경에 접어들었기 때문이다.

주전인 미오리를 괜히 정신적으로 피곤하게 만들고 싶지 않았다.

『졌어, 완벽하게. 역시 전국 대회 단골팀은 강하더라~.』

미오리는 예상외로 태연하게 그리 말했다.

여자 농구부는 군마 현의 인터하이 예선 준결승까지 진출했다. 게다가 상대는 전국 대회 단골 팀인 엔도 고등학교. 우리 여자 농구부는 강하지만, 그럼에도 명백하게 한 수 위다.

호시미야가 가출한 날이 마침 예선 준결승 전날이었다.

졌다면 침울해할 줄 알았는데 의외로 후련한 모습이다.

『다음엔 이길 거야. 너도 연습 도와줘야 해.』

조용히, 중얼거림이 새어 나온다.

그 말에선 분함이 배어 나왔다.

그럼에도 풀이 죽은 게 아니라 미래를 바라보는 긍정적인 말이었다.

"내키면."

『안 돼. 내가 한다면 할 거야. 계획 파트너잖아.』

"농구는 계약에 안 들어가 있거든……."

『그럼 소꿉친구니까. 소꿉친구를 버릴 거야? 안 그래도 친구도 적으면서.』

“알았다 알았어. 도울 테니 쓸데없는 악담은 덧붙이지 마.”

어째 요즘 미오리는 조금 제멋대로였다. ……원래 이랬던가?

이전까지는 뭐랄까, 한발 물러선 냉정함이 있었던 것 같기도 한데.

“하는 김에 물어보겠는데 남자 농구부는?”

레이타네 축구부는 여름 방학 들어가기 전에 져버렸단 걸 알고 있었다.

하지만 남자 농구부는 아마 2회전까지 돌파했고 3회전을 앞둔 채 여름 방학에 들어갔을 것이다.

『타츠야한테 못 들었어? 여름 방학 첫날에 졌어.』

“아~ 그랬구나.”

그건 회귀 전과 변함이 없는걸. 그야 딱히 변할 요인도 없긴 하지. 다른 동아리도 회귀 전과 마찬가지일지도 모르지만, 내가 모르니 확인할 방법도 없다.

“그러면 다들 이미 동아리 활동은 일단락된 건가.”

『그렇지. 이번 여행은 동아리팀 기분 전환엔 딱 좋을 것 같아.』

우선 모두 문제없이 갈 수 있을 것 같아 기획자로선 더할 나위 없었다.

『기대되지.』

미오리가 어쩐지 정말로 들뜬 듯한 목소리로 말했다.

“……그러게.”

평소에는 담담히 말하던 미오리가 노골적으로 기대하는 모습을 보이는 건 드물었다.

그런 미오리의 모습을 보자, 나도 자연스럽게 흐뭇해졌다.

미오리와의 전화를 마치고 목욕한 뒤 양치질을 하고 침대에 누웠다.

아직 이틀 전인데 여행이 기대돼서 어쩔 수가 없다.

——설레는 마음을 억누르듯이 나는 억지로 눈을 감았다.

*

전날은 너무 기대돼서 잠을 별로 못 잤다.

무슨 초등학생이냐며 자신에게 한 소리 하면서도 잠에서 덜 깬 눈을 비비며 집을 나섰다.

따로 따로는 몇 번 정도 만났지만, 모두가 모이는 건 오랜만이다. 다들 가장 가까운 역이 제각각이라 우선 타카사키 역에서 한 번 모이기로 했다. 신칸센을 타야 하니까.

"안녕. 날씨가 좋네."

집 앞에서 기다리던 미오리가 살랑살랑 손을 흔들었다.

"뭐야, 기다려 줬어?"

"어차피 같이 갈 거잖아. 소꿉친구로선 깨워주는 게 좋았어?"

"이야기 속 여주인공처럼 행동하려고 하지 마."

내가 무서워하자 아하하 하고 미오리가 경쾌하게 웃었다.

"그렇게 행동하는 소꿉친구 히로인은 의외로 곧잘 패배하지 않던가?"

내, 내가 좋아하는 히로인한테 안 좋은 소리 하지 마!
옛날부터 애니메이션이나 라이트노벨에선 (패배하는 쪽인) 소꿉친구 히로인을 곧잘 좋아하게 됐기에 그 말은 내게 효과 만점이었다. 미오리에게 말하면 놀릴 것 같아 말하지 않겠지만.
머릿속에 생각이 많은 나랑 달리.
“그럼, 갈까.”
앞으로 출발! 하고 말하며 즐거운 듯이 걸어가는 미오리.
기다리고 있던 주제에 멋대로 앞서가는 자유분방한 모습이 추억을 자극한다.
“……어쩔 수가 없어요.”
나는 옛날처럼 얌전히 미오리의 뒤를 따라갔다.
동네 역에서 전철에 올라 타카사키 역에서 내렸다.
도중 미오리의 멈추지 않는 동아리 얘기에 어울리며.
개찰구를 나가자 정면에 있는 게시판 부근에 이미 모두가 모여있었다.
“안녕~!”
내 옆에 있는 미오리가 붕붕 손을 흔들었다.
일제히 모두의 시선이 이쪽을 향한다.
“아, 미오링, 나츠! 안녕~!”
처음에 표정을 환히 밝힌 것은 우타였다. 양손을 붕붕 흔들어 대답하고 있다.
“안녕, 오랜만이네.”
그 옆에서 레이타가 부드럽게 미소 짓고 있었다.

"여어…… 그보다 졸려 죽겠다……."

타츠야가 나른해 보이는 모습으로 한 손을 들며 크게 하품했다.

"아, 둘 다. 왔구나."

벽에 등을 기대고 있던 혼도가 스마트폰에서 고개를 들었다.

"미오링—!"

우리가 다가가 합류하자, 우선 우타가 미오리를 기세 좋게 껴안았다.

미오리가 어린아이를 달래듯이 우타의 머리를 쓰다듬는 사이, 타츠야가 어깨동무를 걸어왔다.

"너무 졸려서 서 있기도 힘들다……."

"그렇다고 날 지지대로 써먹지 마……."

아무리 몸을 단련했다곤 하지만, 타츠야는 나보다 체격이 좋고 키도 컸다.

70kg는 당연히 넘을 거라 무겁다고.

"당최 뭘 했다고 그렇게 졸려?"

아니, 나도 비슷할 만큼 졸리긴 한데 말이지. 겉으론 감추고 있다.

"타츠야는 애라서 기대되는 행사를 앞두면 항상 잠을 못 자거든."

"시끄, 레이타. 쓸데없는 소리 하지 마."

타츠야는 약간 쑥스러워했지만, 나도 같은 상황이라 아무 말도 할 수 없었다.

문득 레이타가 시계를 보았다.
"슬슬 약속한 시각인데…… 남은 건 나나세랑 호시미야인가."
"오, 저기 있잖아. 마침 왔나 본데."
타츠야의 시선에 이끌려 함께 그쪽을 보자 나나세와 호시미야가 캐리어를 끌고 개찰구를 나서는 참이었다. 우리의 시선을 깨닫고 살짝 한 손을 들어 올렸다.
"미안해! 조금 늦었나?"
양손을 마주치며 사과하는 호시미야에게 레이타와 내가 대답했다.
"아니, 시간 딱이야. 신경 쓰지 마."
"원래부터 약속 시각을 여유롭게 잡아두긴 했으니까."
호시미야 뒤에 있는 나나세가 손으로 이마를 짚으며 사과했다.
"미안해. 히카리가 계속 옷 가지고 우물쭈물하는 바람에 시간이……."
"유, 유이노?! 그런 소리 하지 마!!"
하하하 하는 웃음소리가 자리를 울린다.
오랜만에 모여도 다들 분위기는 변함없구나.
역시 신선한 건 이 멤버에 미오리와 혼도가 끼어있단 점이다.
힐끗 혼도를 보자 상대도 날 보고 있었는지 시선이 맞았다.
"하이바라는 바다 좋아해?"
딱히 아무런 감정도 없어 보이는 표정 그대로 혼도가 물었다.
"……엉? 그야 뭐, 남들만큼 좋아하려나?"

"그래. 나도 좋아해."

혼도는 그렇게 말하고 시선을 스마트폰으로 되돌렸다.

……혹시, 꽤 독특한 성격의 소유자이신가요?!

*

다 같이 티켓을 산 뒤 신칸센에 올랐다.

이대로 니이가타까지 한 시간 정도는 쭉 타고 가야 한다.

자유석 칸에 탔지만, 승객은 적었다. 우리는 앞쪽 좌석을 마주 보는 형태로 뒤로 돌렸다. 다만, 좌석이 세 자리에서 끊어져 통로를 사이에 꼈다.

우리는 여덟 명이다. 자연스럽게 중앙 좌석은 비우게 됐다.

신칸센에 오른 순서대로 앉은 결과 통로 왼쪽에 레이타, 나나세, 미오리, 타츠야 네 사람이 앉았고 오른쪽에 나, 혼도, 호시미야, 우타 네 사람이 앉았다.

남자가 나 혼자인 데다 정면에 혼도가 앉기도 해서 조금 어색하다.

옆에 앉은 것은 우타였고 대각선 앞이 호시미야였다. 지금은 호시미야, 우타, 혼도 세 사람이 사이좋게 시끌시끌 대화를 나누고 있었다. 혼도도 표정은 별로 변함이 없었지만, 생각보다 말이 많았다.

나는 어쩐지 절묘하게 대화에 끼지 못해 창밖을 바라보고 있었다. 우타와 호시미야 모두 어째선지 내게 말을 걸어주지 않는다…… 슬퍼라…… 알아서 끼란 소린가요? 그렇겠죠.

문득 반대편 자리를 보자 주로 레이타와 미오리가 사이좋게 대화를 나누고 있었다.

타츠야는 아침을 거르고 왔는지 역에서 방금 산 도시락을 먹고 있었다.

나나세는 그런 타츠야를 빤히 바라보며 "잘 먹네." 하고 감탄했다.

저쪽은 저쪽대로 즐거워 보이는걸.

그런 식으로 멍하니 생각하고 있는데 시선을 느꼈다.

"응?"

우리 자리로 시선을 돌리자, 무슨 일인지 호시미야와 우타가 날 빤히 바라보고 있었다.

"……왜 그래?"

말을 걸자, 두 사람은 퍼뜩 놀란 듯이 눈을 동그랗게 떴다.

"아, 아무것도 아냐. 그치, 우타?"

"그, 그럼, 히카링!"

뭐지……?

내가 분위기 파악을 잘 못해서 그런지, 이게 무슨 분위기인지 잘 알 수 없었다.

갸우뚱 고개를 꺾은 채 혼도에게 시선을 옮기자, 그녀는 표정은 그대로 어깨를 으쓱였다.

어쩐지 어색한 분위기 그대로 침묵이 찾아왔다.

"있지."

문득 혼도가 입을 열었다.
그 시선이 똑바로 나를 바라본다.
"하이바라는 어떤 사람이야?"
……그걸 나한테 물어?
"어떤 사람…… 글쎄?"
난처하기 짝이 없어진 나는 호시미야에게 도움을 요청했다.
으음 하고 호시미야는 잠시 생각하는 모습을 보이더니 말하기 시작했다.
"있지, 키는 178㎝에 몸무게는 65㎏, 좋아하는 음식은 라멘이랑 오므라이스, 이름의 유래는 생일이 *8월 28일이라서. 취미는 독서랑 근력 운동이고 잘하는 운동은 농구, 공부도 잘하는데 특히 물리랑 수학을 잘하고 가족 구성은——."
호시미야는 물 흐르듯 내 정보를 늘어놓았다.
저번에 여러 질문에 대답했다지만, 용케 그렇게까지 기억하고 있는걸.
"……히카링, 어떻게 그렇게 자세히 알아?"
우타가 어리둥절하며 고개를 살짝 갸웃거렸다.
그런 우타를 보고 호시미야가 순간 얼어붙었다.
"……저기, 그게, 저번에, 이것저것 물어봤지?"
"응. 뭔가, 이래저래 얘기할 기회가 있었지."
어디까지 말해야 좋을지 몰라 내 대답도 애매해졌다.
나와 호시미야의 애매한 대화를 듣고 우타는 "그래?" 하고 말

*나츠키(夏希)란 이름은 한자 夏(여름 하)를 쓴다.

했다.

평범하게 신기하게 여길 뿐이었지만, 어째 두려운 건 왜일까.

"머리가 좋은 건 알아. 항상 전교 1등으로 게시판에 붙여져 있으니까. 농구를 잘하는 것도 미오리한테 들었어. 그리고 어릴 적 얘기 같은 것도 미오리한테 이것저것 들었어."

"진짜야? 쓸데없는 소리 하지 말라고 전해줘."

혼도의 말을 듣고 표정을 구겼다.

어릴 적 얘기라니, 대부분이 흑역사다. 고등학교 데뷔가 들킨 지금, 과거 얘기는 하든 말든 특별히 문제는 없지만, 창피한 건 창피하다.

"미오리는 하이바라 얘기할 때가 가장 즐거워 보여서, 말리기 어렵거든."

아무것도 아니라는 듯이 혼도가 말했다.

그야 저 녀석은 옛날부터 날 갖고 노는 걸 좋아했으니까…….

"나도 미오링한테 나츠 옛날얘기 이것저것 들었는데~."

에헤헤 하고 우타도 장난꾸러기 같은 얼굴로 말했다.

……저 여자가, 남의 과거를 멋대로 떠벌리고 다녀?!

통로 너머로 미오리를 노려봤지만, 전혀 눈치채지 못한 채 레이타와의 대화에 푹 빠졌다.

"나츠키 어릴 적 얘기라~."

호시미야가 무척 흥미롭다는 듯이 반응하고 있는데, 저번에 전화로 충분하다 못해 넘칠 만큼 얘기했잖아!

"네, 이 얘긴 끝입니다~! 끝!"

대화가 안 좋은 방향으로 흐를 것 같아 억지로 잘라냈다.

내가 노골적으로 싫어하는 티를 낸 탓인지 아하하 하고 우타와 호시미야가 얼굴을 마주 보고 웃었다.

하지만 여전히 표정에 변화가 없는 혼도가 내게 물었다.

"하이바라는 미오리랑 소꿉친구지?"

"……뭐, 일단은. 유치원 때부터 같이 있긴 했지. 일단은 말야."

거꾸로 말하면 그게 전부일 뿐이라 소꿉친구 같은 건 대단한 사이가 아니다.

단순히 함께 있었던 시간이 길 뿐이다.

그런 생각을 하고 있자, 갑자기 혼도가 얼굴을 가까이 들이댔다.

"왜, 왜……?"

아름다운 인상을 주는 이목구비가 시야 가득 펼쳐져 긴장된다.

여기 있는 여자애들은 왜 이리 다들 무지막지 귀여운 건지요?

그냥 바라만 봐도 넋이 나가게 되니 이러지 말았으면 좋겠다. 얼굴에 열이 오르기 시작한다.

"하이바라는 미오리를 어떻게 생각해?"

혼도가 귓가에 속삭였다.

통로를 끼고 반대편에 앉은 미오리에게 들리지 않게 하려던 것이겠지.

하지만 아무리 그래도 호시미야와 우타에겐 들린다.

둘 다 날 빤히 바라보고 있었다.

"어떻게 생각하냐 물은들…… 그냥, 친한 친구야. 중학교 땐 별로 말도 안 했지만 말이지. 아무튼, 저런 성격이라 이것저것 도와줘서 고마워하고 있지."

나도 작은 목소리로 그런 느낌의 본심을 대답했다.

아마도 혼도가 묻고 싶었던 것은 미오리를 연애 대상으로써 좋아하느냐 어떠냐는 얘기일 테지만, 이 대답을 들으면 나와 미오리는 그런 사이가 아니라는 것을 알 것이다.

미오리와 소꿉친구라는 이야기를 하면 멋대로 추측하는 녀석이 제법 많더라니까.

"……흐음. 그렇구나?"

"그래. 그것 말고 다른 감정은 없어."

혼도는 한동안 내 얼굴을 빤히 바라보더니 만족했는지 얼굴을 떨어뜨렸다.

앞으로 내밀던 자세를 바꿔 등받이에 몸을 기댔다.

어쩐지 추궁당하는 느낌이었는데, 간신히 벗어날 수 있었던 모양이다.

그렇게 생각한 순간이었다.

"——그러면 우타랑 사귀어?"

날카롭게 파고드는 듯한 한마디에 내 얼굴이 딱딱하게 굳었다.

"아, 아니……."

미묘한 느낌으로 부정할 수밖에 없는 나에 반해, 우타는 황급히 끼어들었다.

"무, 무슨 소리하는 거야, 세리?! 아직 안 사귄다니까!"

"아, 그렇구나. 아직 안 사귀는구나."

혼도의 차분한 대꾸에 우타의 얼굴이 급속히 붉어진다.

"아직 안 사귄다라…… 아직이라. 아직이란 말이지."

"세리?! 이제 그만 하라니까아!"

우타가 귀까지 새빨개져서 울먹거리며 외친다.

솔직히 나도 무척 부끄럽다. 뭔가 그냥, 너무 귀엽잖아.

"미안 미안. 조금 재밌어져서."

혼도는 살짝 입가를 풀고 우타에게 사과했다.

호시미야는 그사이 줄곧 미소를 띤 채 우리의 대화를 바라보고 있었다.

가, 감정을 못 읽겠다. 그래도 어째 좀 무서운데? 왜지…….

"아니, 여름 축제 때 잠깐 봤거든."

"아~ 그래서……."

여름 축제 때 나와 우타의 모습을 봤다면 솔직히 사귀고 있다고 생각해도 어쩔 수 없다.

꽤 알콩달콩했으니까……. 아무리 나라도 자각하고 있었다.

"어? 세리도 왔었구나?! 전혀 몰랐네. 말 걸지 그랬어."

"아니, 어떻게 걸어. 그게…… 내가 두 사람을 본 건 우타네 집 앞인걸."

아하, 우타네 집 앞에서 봤다고. ……우타네 집 앞?

그건 즉…….

『——나츠.』

『……이게, 내 마음이야.』

혹시 그 장면을 보셨단 말씀인가요?

혼도는 입을 다문 나와 우타의 얼굴을 번갈아 보곤 "저기, 미안." 하고 말했다.

"……무슨 일 있었는데?"

미소를 띤 채 물은 것은 호시미야였다.

"그, 그냥 좀! 나츠가 우리 집까지 배웅해 줬지?!"

얼버무리려는 듯이 대답한 우타가 동의를 구해서 내가 고개를 끄덕였다.

"흐음~ 그래? 칠석 축제라~ 부럽다."

호시미야는 창밖을 바라보며 그런 식으로 중얼거렸다.

아마 호시미야는 그때 집안 사정 때문에 카나가와 현에 갔었던가.

아무튼, 일단 간신히 파란은 지나갔다. 나와 우타의 심장은 계속 두근거리고 있었지만.

"……."

"……."

"……."

"……."

다만 문제는 침묵이 다시 찾아온 것이다.

반대편이 시끌시끌 떠들고 있어서 이쪽 침묵이 괜히 더 강조된다.

어, 어떻게 해야 하지?
신경 쓰이는 점은 무슨 일인지 호시미야와 우타 모두 말수가 적은 것이었다. 딱히 기분이 안 좋은 것처럼 보이진 않는데 묘하게 안절부절못하는 것 같다. 왜지?
아무튼, 더 좋은 느낌으로 분위기를 만들고 싶다.
내 대화가 서툰 것은 이제 와서 말할 것도 없지만, 역시 낯선 사람과 있으면 갑자기 어려워진다.
그저 긴장했을 뿐인지도 모르지만…… 미오리의 조언을 떠올리자.
커뮤니케이션의 기본은 상대에게 관심을 가지는 것이다.
"혼도는 밴드부라며?"
그래서 나는 혼도가 어떤 사람인지 알고자 했다.
생각해 보면 혼도도 아까 나에 대해 물었으니 이것이 정답일 것이다.
"응, 잘 아네." 하고 혼도가 고개를 끄덕였다.
"가끔 미오리한테 얘기 듣거든. 기타 쳐?"
"응. 초등학교 때부터 계속. 재밌어. 하이바라도 할래?"
음악 얘기가 되자 노골적으로 목소리 톤이 올라가는 혼도.
표정의 변화만은 적었지만 알기 쉬웠다. 어지간히 음악을 좋아해서 그렇겠지.
"기타라면 조금 쳐본 적 있어."
"어, 정말?"
혼도가 몸을 앞으로 내밀듯이 묻는다. 흥미진진하다는 모습이다.

다시 얼굴이 가까워져 무심결에 몸을 뒤로 젖히면서도 간신히 평범하게 대화를 계속했다.

"조금 쳐본 게 다야. 파워 코드 정도밖에 제대로 못 쳐."

혼자 하는 일은 뭐든 도전했던 대학 시절의 기억을 떠올렸다.

록을 좋아하는 내가 밴드의 스타인 기타에 손을 대는 것은, 그야 당연한 흐름이었다.

지미 헨드릭스를 동경해 스트라토캐스터를 사긴 했지만, 그다지 실력이 늘지 않아 좌절해 그 뒤론 방구석에 놓아둔 채였다. 이제 와선 그리운걸.

함께 밴드 활동을 할 사람이 있었다면 계속했을지도 모르나…… 아니, 변명이군. 대학에도 밴드부는 있었다. 단순하게 내가 그곳에 뛰어들 용기가 없었을 뿐이다.

"그래? 내가 알려줄까?"

혼도는 그렇게 말하고 생각났다는 듯이 말을 이었다.

"그보다 하이바라는 동아리 안 들었지? 밴드부 들어올래? 언제든 입부 환영이야."

"제, 제법 거침없이 다가오는걸……."

"아하하, 세리는 음악 얘기를 엄청 좋아하거든!"

무심코 몸을 뒤로 젖힌 날 보고 우타가 끼어들었다.

"그보다, 그냥 이름으로 불러도 돼. 나, 내 성은 딱딱해서 싫어하거든."

"그래도 갑자기 이름으로 부르긴 그렇잖아?"

"편하게 불러."

"세리카?"

"응."

"그럼 나도 나츠키면 돼."

"그래. 그럼 잘 부탁해, 나츠키."

……어째 엄청 자연스럽게 이름으로 부르게 됐다.

이게 인싸의 거리 감각인가요?

저는 언제까지고 호시미야를 이름으로 부르지 못하고 있는데요.

뭐, 세리카에게는 별다른 생각이 없어서 자연스럽게 대할 수 있었던 것이지만.

상대가 호시미야였다면 이름 하나 부르는 것만으로도 내 얼굴이 빨개질지 모른다.

호시미야…… 아니, 히카리…… 히카리. 응, 못 할 것 같다. 우타처럼 처음부터 이름으로 부를 수 있었다면 문제없겠지만, 이제 와서 바꾸기엔 너무 부끄럽다.

힐끗, 무심결에 호시미야를 보고 말았다. 호시미야도 나를 보고 있었다.

내가 시선을 피하는 것보다 먼저 호시미야가 홱 시선을 피했다. 아무 일도 없었던 것처럼 손에 든 스마트폰을 바라본다. 어쩐지 오늘 호시미야는 거동이 조금 수상한데……?

"있잖아, 세리. 나츠도 록 좋아해."

"미오리한테 좀 들은 적 있는데, 누구 좋아해?"

"난 역시 아레키려나~."

"내 얘기 하던 거 아냐?"

"우타가 좋아하는 밴드는 이미 알거든."

"아하하, 농담이야, 농담. 나츠는 아마 범프나 엘르 같은 걸 좋아했지."

뭐든 좋아하지만 일본 록이라면 특히 그 둘을 좋아했다. 원오크, 우버, 아지캉, 래드, 오랄, 포리미, 마이퍼스…… 듣기 시작하면 끝이 없지만.

"오, 좋은데. 나도 엘르 좋아해. '바람 부는 날' 이라든가."

"맞아. 그건 가사가 좋지."

"응. 요즘은 아예 거꾸로 일본어로 된 가사가 꽂히는 시즌이 돼서."

"난 오히려 서양 고전 록에 빠졌는데."

요즘은 굳이 말하자면 옛날 노래로 곧잘 회귀하곤 했다. 그 이유는 내가 7년 전으로 회귀했기 때문이다. 최신 음악은 당연히 들을 수가 없다. 유행하는 음악은 다 어디서 들어본 것들뿐이라, 그 때문인지 되려 취향이 점점 과거로 돌아가고 있었다. 옛날 명곡은 당시 내가 들은 적도 없는 것들뿐이었지만, 최고로 록했다.

록의 시대를 바꾼 비틀즈부터 시작해 지미 헨드릭스, 롤링 스톤스와 밥 딜런, 펑크라면 섹스 피스톨즈, 하드 록은 레드 제플린, 헤비메탈은 블랙 사바스, 그리고 너바나. 그 밖에도 록의 역사 속에는 수많은 명밴드가 묻혀 있지만, 내가 아는 것은 이 정도다.

"아~ 맞아. 얼마 전까진 너바나에 빠져있었거든."

여고생치곤 제법 취향이 하드한걸.

어째 의외로 이야기가 통할지도 모르겠다.

"역시 '네버마인드'?"

너바나가 폭발적으로 팔리는 계기가 된 앨범을 들자 세리카가 고개를 끄덕였다.

"완전 명반이지…… 그보다 제대로 통하네."

"뭐든 듣는 타입이거든. 그냥 잡식이야."

그런 느낌으로 저도 모르게 세리카와의 대화에 빠졌다.

역시 음악 얘기는 즐거워서 정신을 차리니 호시미야와 우타를 그냥 내버려 두고 있었다.

이따금 대화를 따라오던 우타는 둘째치고 호시미야는 전혀 알아듣지 못했을 것이다.

맞장구만 치고 있던 호시미야에게 사과했다.

"미안. 우리끼리만 얘기했지."

"괜찮아. 그나저나 나츠키는 취미가 많더라."

"그냥 음악 취미처럼 뭐든 얕고 넓게 겉만 핥았을 뿐이지……."

그것이 도움된 적은 거의 없었지만, 청춘을 다시 시작하고선 나름 도움이 된 것 같기도 하다. 이 취미도 세리카와 친해지는 계기가 됐다.

제법 마음을 터놓게 된 것 같다.

하지만 아직 표정의 변화는 간파할 수 없었다.

나나세 같은 경우는 점점 알 수 있게 됐는데 말이지. 아니, 굳이 말하자면 그냥 나나세의 표정이 처음에만 딱딱했던 것일지도 모른다. 오히려 요즘은 남들만큼 표정이 풍부하다고 느낀다.
"아, 슬슬 도착하나 봐. 다음 역이야."
"엉? 진짜?"
"얘기하다 보니 순식간이네."
"아하하, 나츠랑 세리는 계속 신나게 얘기했잖아."
아무튼 세리카와 대화를 트는 미션(?)은 성공했다.
어색한 분위기가 되면 싫으니, 초반에 미리 친해져서 다행이야…….

*

니이가타 역에 도착해 잠시 쉰 다음 버스에 올랐다.
목적지는 숙박 예약을 한 코티지다. 우선 그곳에 짐을 풀 것이다.
역에서 바다까지의 거리에 비하면 조금 돌아가는 길이 되겠지만, 코티지에서 바다로는 도보로 갈 만큼 가까워 일단 들르는 편이 무난하리라 생각한 것이다.
모두에게도 상담했다곤 하나 주로 내가 계획을 짰기에 긴장했다.
발길 가는 대로 가는 무계획 여행이라면 자주 했지만, 집단 여행은 학교 행사를 제외하면 처음이라서 말이지. 내 지시로 모두의 앞길이 결정된다 생각하니 마음이 무거워졌다.
"무슨 걱정이래. 그렇게나 확인했잖아, 문제없어."

미오리가 신경 써주나 싶더니 찰싹 내 등을 때렸다.

"……저기요, 아픈데요?"

"소꿉친구가 응원해 준 거니까 고마워하라구."

"덤으로 폭력까진 줄 필요 없거든……."

흔들리는 버스 안에서 창가 자리에 앉은 내 옆자리는 미오리였다.

모처럼 여행을 왔으니, 신칸센처럼 레이타 옆에 앉으면 될 텐데.

"세리카랑은 친해졌어?"

"뭐, 평범하게 얘기하겐 됐어. 취향도 비슷해서."

"그렇다니 다행이네. 뒤에 있던 넌 몰랐겠지만, 내가 세리카한테 자리 바꿔 달라고 했거든. 원래 내가 네 정면에 앉게 될 것 같길래."

"……뭐야. 신경 써준 거야?"

내가 세리카와 친해지도록.

"아니거든요. 내가 레이타 옆에 앉고 싶어서 그런 게 당연하지."

미오리는 그렇게 말했지만, 어째 조금 의심스러웠다. 참견이 심한 성격이란 말이지. 요즘은 특히 자기 연애보다 내 서포트를 우선하는 것 같은 기분이 자꾸 든다.

실제로 지금도 내 옆자리에 있고.

그야 나도 미오리가 옆에 있어 주는 게 안심되긴 하지만.

"나츠키, 여기서 내리는 거지?"

"아, 그러게, 미안. 얘기에 잠깐 정신이 팔렸네."

레이타가 내 실수를 커버해 주는 덕에 계속 도움을 받고 있었다.

황급히 버스를 내리자 딱 보기에도 시골스러운 외길이 이어졌다.

"앗, 봐봐! 저기 바다가 보여!"

호시미야가 기쁜 듯이 외치길래 손가락으로 가리킨 방향을 보았다.

여기서 조금 거리가 있지만, 나무들과 주택 틈새로 확실히 바다가 보였다.

"오오~ 어쩐지 흥분되기 시작하는데, 엉?!"

타츠야가 알기 쉽게 신이 나선 내 어깨에 팔을 둘렀다.

"인마, 더워."

안 그래도 기온이 높은데 땀나는 남자 팔을 왜 두르고 있어야 하냐.

뭐, 오늘은 평소 더위에 비하면야 낫지만. 군마가 너무 더운 것일지도 모른다.

"나츠키, 이쪽 맞지?"

레이타가 가리킨 방향을 지도 앱으로 확인하고 "맞아." 하고 고개를 끄덕였다.

고맙다, 레이타. 진짜 유능하다니까…….

"어째 사람이 하나도 없네?"

"이 근처 길엔 료칸이나 민박이나 코티지가 모여있거든."

두리번거리며 주변을 살피는 우타에게 그렇게 대답했다.

드문드문 관광객처럼 보이는 사람은 있었지만, 그게 다였다. 주택가와는 또 달라 주민 같은 사람도 적었다. 역 근처의 번화가 쪽으로 가면 사람이 많겠지만.

"에헤헤헤헤, 유이노~! 예이~!"

"뭐, 뭐야? 히카리……. 분위기를 못 쫓아가겠거든?"

바다가 보여서 그런지, 생각 탓인지 모두가 무척 흥분했다.

그중에서도 호시미야는 즐거움을 감출 생각이 없어 보였다.

이젠 그냥 줄곧 웃고 있다.

……그야 오늘 여기에 오기까지 고생이 많았으니까.

호시미야가 지금 이곳에 있는 것이, 저런 모습으로 웃고 있는 것이 기뻤다.

"……나츠?"

물끄러미 호시미야를 바라보고 있었지만, 옆에 있는 우타가 말을 걸어 정신을 차렸다.

"어, 어어…… 왜 그래?"

"……으응, 아무것도 아냐! 바다 기대되지!"

몇 분 걷자 곧 목적지인 코티지에 도착했다.

먼저 눈에 들어온 건 넓은 테라스였다. 나무로 지어진 서양식 건물이라 뭐랄까, 분위기가 있었다.

주차장 공간도 넓었다. 차로 오는 손님이 많아서 그렇겠지. 내가 회귀하기 전이었다면 운전 면허를 가지고 있었을 텐데. 한 대 주차된 차는 집주인 것일까.

"자자, 어서 와요."

현관 앞까지 가자 우리가 도착한 걸 알아챈 집주인이 나와 집 안을 안내하며 욕실과 부엌 사용법 등 간단한 주의 사항을 설명한 뒤 열쇠를 건네주었다.

"그럼 1박 맞지? 즐겁게 놀아요~."

그리고 집주인은 주차되어 있던 차에 올라 떠났다.

"우오~ 거실 넓다~!"

우타가 긴 소파로 뛰어들더니 그대로 뒹굴었다.

나는 한 번 더 구조를 확인하기로 했다.

현관을 열자, 정면에 계단이 나왔다. 오른쪽 미닫이문을 열자 1층은 거의 막힌 곳 없이 그대로 큰 방이 되어 있었다. 긴 소파가 두 개, 낮은 테이블을 끼고 마주 놓여있었고 정면에는 텔레비전도 있었다. 목제 테이블과 의자도 놓여있다.

부엌과 화장실만이 나뉘어 있는 줄 알았으나, 자세히 살펴보니 안쪽에 방이 하나 더 있었다. 4평쯤 되는 다다미방으로 모여서 뭐라도 하며 놀기에 딱 좋아 보였다.

2층으로 오르자, 작은 방이 열 개 정도 있었고 방 내부는 같았다. 침대 두 개와 작은 테이블, 의자가 놓여있다. 잘 때는 2층에서 두 사람이 방 하나를 쓰게 되겠지.

사전 정보와 구조가 같은 것을 확인한 뒤 1층으로 돌아오자, 모두 짐을 방구석에 놓고는 소파에 깊숙이 몸을 맡기고 늘어져 있었다. 이미 에어컨도 틀어놓아 시원했다.

"잠깐 쉬고 나서 바다로 가잔 얘기가 됐는데."

"알았어."

레이타의 확인에 고개를 끄덕였다.

무더위 속에서 쉬지도 않고 이동을 계속했다간 나나세가 쓰러질지도 모르니까.

당연히 나나세 말고도 일사병에 걸릴 위험이 있었다. 모두의 컨디션은 잘 살펴야겠지.

"오늘은 어떻게 하더라? 바다는 갈 거지?"

"어~ 해수욕장에 가서 놀다가 슈퍼에서 고기나 채소 같은 거 사 갖고 와서 저기 테라스에서 바비큐하고…… 그다음은 뭐, 씻고 자야지."

타츠야의 물음에 대충 계획을 대답했다.

"좋은데, 흥분되기 시작했어."

이것이 첫날 계획이었다.

바비큐를 한 다음엔 보드게임이나 그런 걸 하며 노는 것도 괜찮을 것 같았다.

타츠야는 갑자기 벌떡 일어서더니 커다란 목소리로 선언했다.

"좋았어, 충분히 쉬었으니 빨리 가자고!"

타츠야는 수영복을 넣어둔 손가방만 들고 재빨리 방을 나갔다.

돈이 없다느니 뭐라느니 하며 가장 떨떠름하던 주제에 가장 신나 보이는걸.

우리도 큰 짐은 두고 수영복처럼 필요한 것만 챙겨 코티지를 나섰다.
마지막으로 나온 내가 현관 열쇠를 꼼꼼히 잠근 후 돌아보자, 무슨 일인지 이미 타츠야와 우타, 호시미야가 없었다. ……아니, 그 두 사람은 알겠는데 호시미야까지 없다고?
양산을 쓴 나나세가 기가 막힌다는 듯이 어깨를 으쓱였다.
"가버렸어. 히카리도 같이."
"걔들, 걸어서 해수욕장까지 가려는 거야?"
도보로 10분 정도라지만 거꾸로 말하면 이 더위 속에서 그만큼이나 걸린다는 뜻인데.
조금만 기다리면 그냥 해수욕장 근처로 가는 버스가 온다.
"기대되어서 어쩔 수가 없었겠지."
"우리는 그냥 버스로 간다고 말해놨어."
나나세와 미오리는 쓴웃음을 짓고 있었다.
"네 성격에 같이 안 갔어?"
"너 진짜, 언제 얘기야."
미오리가 한 소리 하곤 찰싹 머리를 때렸다.
"그나저나 히카리가 저렇게 신날 줄은 생각 못 했네."
"히카리는 옛날부터 남들보다 배는 바다를 좋아했거든."
나나세는 먼 곳으로 시선을 돌리며 말했다.
"……아무튼 일단 버스 정류장까지 가자. 조금만 있으면 올 테니까."
세리카의 담담한 말을 따라 우리는 코티지를 출발했다.

*

해수욕장에 도착한 우리는 우선 해변 휴게소에서 수영복으로 갈아입었다.

여담으로 먼저 간 애들과 도착한 시간은 별로 차이가 없었다.

다소 기다렸다곤 하지만, 차와 도보는 꽤 다르니까 말이지.

앞서간 세 명은 여전히 잔뜩 흥분한 상태였으니, 뭐, 됐다 치자.

지금은 해변 휴게소 앞에서 남자 셋이 여자들을 기다리고 있었다. 남자들은 옷 갈아입는 게 빠르니까.

"드디어 왔다, 이 순간이……!"

타츠야가 우오오오오오 하고 굉장한 모습으로 주먹을 휘두르고 있었다.

"훗, 난 이미 머릿속으로 모두의 수영복 시뮬레이션을 마쳤지……."

레, 레이타가 망가졌다……고 생각했으나, 레이타는 전부터 이런 면이 있었지.

저 산뜻한 얼굴로 음담패설에 가담하는 것이다. 남자들에게만 보여주는 얼굴이었지만.

"야, 너도 뭐라고 말 좀 해. 너도 기대되지? 응?"

웃통을 벗어젖힌 타츠야에 레이타까지 어깨동무를 걸어왔다.

아니, 분위기에 너무 빠진 거 아냐?

"그야 뭐 보고 싶은 건 맞긴 한데……."

호시미야의 수영복 차림을 상상하기만 해도 어디라고 말할 수 없지만, 일부에 점점 피가 쏠린다.

아무렴, 그만한 사이즈니까. 평소엔 옷을 입어 말라 보이지만 수영복이라면 상당한…… 아, 아니, 진정해. 이럴 땐 우타의 수영복 차림을 상상하자. 우타라면…… 아니, 너무 보고 싶은데?

우타가 평소랑 다르게 차려입는 거니 당연히 보고 싶지! 그야 좋아하니까, 당연히!

속에선 폭풍이 몰아쳤지만, 겉으론 간신히 평정심을 유지했다.

아무리 봐도 잔뜩 신이 난 얼간이 남자 셋 앞에 기다리고 기다리던 순간이 찾아왔다.

"예이~! 기다렸어?"

달려온 우타는 빨간색과 하얀색 체크무늬 비키니를 입었다. 비교적 노출은 적은 편이지만 그래도 평소 차림보다 하얀 피부가 눈부시다. 아니, 그냥 귀엽다. 너무 귀엽다.

더 이상 직시할 수 없어 시선을 돌리자, 그곳에는 호시미야가 있었다.

"……기, 기다렸지."

호시미야는 창피한 듯이 살랑살랑 손을 흔들었다.

그 가슴에는 깊은 계곡과 커다란 두 개의 언덕이 있었다. 지금이라도 흘러내릴 듯한 그것이 얇은 천에 덮여 있었고 가는 허리에는 곡선을 그리며 스커트 같은 커다란 천이 감겨 있었다. 일반적으로 파레오라고 부르는 것이겠지. 그 아래엔 평범한 수영복 하의가 있을 것이다.

그렇게 생각하자 자연스럽게 집에서 본 속옷 차림이 머릿속에

되살아났다. 그보다 호시미야가 우리 집에 묵었다니, 어쩐지 이제 믿기질 않는걸. 혹시 꿈이었을지도 모른다.

"히카리, 선크림 제대로 발랐어?"

오늘도 어김없이 호시미야의 보호자로 나선 나나세는 검은 비키니를 입었다. 나랑 같이 수영복을 사러 갔을 때 저런 수영복을 샀었구나. 솔직히 가장 노출이 심한 것 같다.

그렇게 생각했는데 곧 래시가드 상의를 입어버렸다.

그럼에도 수영복 하의가 살짝 힐끗 보이는 것이 되레 야했다.

키가 큰 만큼 긴 다리를 아낌없이 드러냈다. 무심결에 꿀꺽 침을 삼키고 말았다.

"레이타~. 어때?"

한편 미오리는 회심의 미소를 짓고 레이타에게 수영복을 보여주고 있었다.

노란색을 기조로 한 세련된 수영복이다.

이렇게 보니 의외로 미오리도 있는 편이란 걸 잘 알겠군….

스포츠맨답게 군살 없는 탄탄한 몸매다.

그보다 어째 누가 보더라도 귀여워서 열 받는다. 미오리가 귀엽다는 사실이 열 받는다.

"응, 잘 어울려. 귀여워."

레이타도 부드럽게 미소 지으며 솔직하게 미오리를 칭찬했다.

"……나츠키."

뒤에서 말을 걸어 오길래 돌아보자, 세리카가 내게 다가오고 있었다.
갸루 같은 용모에 어울리는 화려한 무지개색 무늬의 수영복을 입었다. 그런 세리카는 물끄러미 내 몸을 바라본 뒤 "……굉장하네." 하고 복근을 차닥차닥 만지작거렸다.
"엄청 갈라졌어. 취미가 근력 운동이랬나?"
"뭐, 그렇지. 시간 때우기 정도지만."
그렇게 대답하면서도 솔직히 칭찬받아 기뻤다. 여름 방학이 시작되고 복근에 중점을 둔 운동 메뉴를 소화하고 있었거든. 그래, 모든 것은 오늘 이날을 위해서!
"일단 거점을 확보할까."
"사람 엄청 많다~."
"저쪽이 좋지 않을까?"
"히카리, 귀중품은 로커에 넣어둬."
"됐으니까 얼렁 가자! 나 빨리 수영하고 싶어!"
……하지만 세리카 말고는 아무도 복근 얘기를 해주지 않아 조금 슬펐다.
레이타나 타츠야도 충분히 복근이 있는 데다 내가 특별히 눈에 띄는 것도 아니니까, 뭐…….
아무튼, 많은 관광객으로 우글거리는 모래사장 중 일부를 확보하고 돗자리를 깐 뒤, 자비로 준비해 온 파라솔을 펼쳐 제대로 쉴 수 있도록 그늘을 확보했다. 짐이 커지긴 했지만 들고 오길 잘했는걸. 자연의 그늘은 이미 다른 관광객에게 뺏겼으니.
그런 식으로 준비를 마친 타이밍에.

"좋았어! 돌격이다아아아아!"
"나도 간다! 예에에에에에에에에이!"
타츠야와 우타가 바다로 돌격했다. 그대로 첨벙 물보라를 일으킨다.
"미오리, 우리도 가자."
"응."
레이타가 미오리의 손을 이끌고 그런 두 사람과 합류했다.
순조롭게 사이가 진전되고 있는 것 같아 다행이다.
모래사장을 걷고 있는 두 사람은 누가 보기에도 커플처럼 보인다.
"……저 두 사람, 이미 사귀는 걸까?"
문득 내 뒤에 서 있던 호시미야가 중얼거렸다. 그 시선은 레이타와 미오리에게 향해있었다.
"난 아무 말도 못 들었는데…… 지난번보다 사이가 진전된 것처럼 보이지?"
"응. 뭔가, 어찌 됐든 시간 문제 같은걸?"
호시미야가 소곤소곤 작은 목소리로 말해서 그런지 물리적으로 거리가 가까웠다. 솔직히 수영복 차림인 호시미야와 어깨가 닿을만한 거리에 있으니 긴장된다. 문득 위팔이 맞닿았다.
"아…… 미, 미안."
호시미야가 재빨리 거리를 두었다.
아아, 그렇게 갑자기 떨어질 것까지야…….
"아, 아니…… 나도, 미안해."

그런 대화를 나누고 있자, 나나세가 말을 걸어왔다.
"너희도 다녀와. 난 여기서 짐 지키고 있을 테니까."
나는 두근거리는 심장을 억눌러 냉정함을 유지하면서도 나나세에게 대답했다.
"고맙긴 한데…… 그래도 되겠어?"
"귀중품은 로커에 넣었지만, 그래도 누군가 한 명이 지키고 있는 게 낫잖아? 처음부터 놀면 내 체력이 못 버텨. 페이스 조절이 중요하지."
마치 마라톤이라도 하는 것처럼 말하는 나나세. 그 옆에는 세리카가 앉아있었다.
"세리카는?"
"나는 튜브 불고 갈래."
그렇게 말하고 도넛 모양 튜브에 숨을 불기 시작했다.
"알았어. 그럼 일단 맡길게."
그렇게 말하고 파라솔과 돗자리로 만든 거점을 떠났다.
호시미야와 둘이서 사박사박 소리를 내며 모래사장을 걷는다.
그러던 중 아이들이 모래로 노는 모습을 보고 마음이 흐뭇해졌다.
문득 호시미야가 내 팔을 잡고 걸음을 멈췄다.
"호시미야?"
돌아보자, 호시미야는 잡고 있던 팔을 놓았다.
마주 보는 자세가 된 호시미야는 꼼지락거리며 할 말을 찾고 있었다.
"……왜, 그래?"
"……저기, 그게."
호시미야는 부끄럽다는 듯이 볼을 붉히면서도 꺼져 들어가는 목소리로 말했다.
"수영복."
"……응?"
"내 수영복, 어땠어?"
그런 돌직구 같은 질문을 날릴 줄은 생각 못 했다.
사고가 멈춘다.
깜짝 놀라 호시미야를 빤히 바라본 채 얼어붙었다.
"……그야, 예쁘지. 엄청나게 잘 어울려."
흘러나온 것은 본심이었다.
호시미야가 쑥스러움에 빨개지는 것을 보고 내 얼굴도 달아올랐다.
안 그래도 더운 햇볕 속에서 어째 체온까지 쑥 올라갔다.
일사병에 걸릴 것 같으니 참아줬으면 좋겠다.
"……나츠키도 멋있는 것 같아. 몸도 만들어서, 남자답게 느껴져."
호시미야는 새빨간 얼굴로 고개를 숙이며 말했다.
……그, 그런 말에, 내가…… 내가 넘어갈 줄 알아?!
칭찬이란 말의 폭력으로 얻어맞은 기분이었다. 갑자기 사람을 때리지 말아달라.

"……."

"……."

이게 뭐야?

너무 부끄러운데?

"스, 슬슬 갈까! 미안해, 불러세워서!"

호시미야는 견디기 힘들어졌는지 바다를 향해 달려갔다.

"잠깐만, 호시미야?!"

털퍼덕하고 발이 미끄러져 모래사장을 구르는 호시미야를 보고 황급히 다가갔다.

"아, 아하하하하…… 괘, 괜찮아 괜찮아."

"자."

손을 내밀자, 호시미야는 내 손을 쥐었다.

그 손을 잡아끌자, 모래투성이가 된 호시미야가 일어섰다.

"고, 고마워……."

"덜렁대니까, 너무 서두르지 마."

호시미야는 "으으……." 하고 불만스러운 얼굴이었지만, 아무 말도 하지 않았다.

방금 막 덜렁대는 모습을 보인 참이라 반론을 못 하는 건가? 너무 귀여운 거 아냐?

"나츠! 히카링! 여기야, 여기!"

파도가 밀어닥치는 근처에서 우타가 커다랗게 손을 흔들며 외치고 있었다.

그 근처에선 미오리와 레이타가 서로 물을 끼얹으며 놀고 있다.

타츠야는 안 보이지만 어차피 멋대로 헤엄쳐서 어딘가로 갔겠지.

"가자, 호시미야."

오늘은 호시미야가 자기 손으로 쟁취한 날이다.

장래의 꿈도 친구도 포기하지 않고 싸웠기에 오늘 호시미야는 이곳에 있다.

"응!"

그러니 즐겁게 지냈으면 좋겠다고 생각했다.

*

그리고 우리는 전력을 다해 바다를 즐겼다.

"야, 나츠키! 저 바위까지 누가 먼저 도착하는지 승부다!"

"뭐어? 상관이야 없는데. 타츠야는 수영 잘하던가?"

"그럼. 수영이라면 안 지지."

"그러면 내가 먼저 저기까지 가서 심판 봐줄게! 힘내, 나츠!"

"야, 나도 응원해 줘, 나도!"

"아하하, 미안해! 난 나츠 편이거든."

"크윽……! 제, 제법인데, 나츠키……."

"아니, 난 아직 아무것도 안 했는데……."

——타츠야와 수영으로 승부를 겨루기도 하고.

"아~ 파도에 흔들리니 기분 좋구만."
"남의 튜브로 놀지 마. 빠져라!"
"잠깐, 미오리?! 바보야?! 부그르르……!"
"아하하! 이 튜브는 이제 제 겁니다!"
——둥실둥실 튜브에 떠다니다가 미오리가 바다에 빠트리기도 하고.

"거기 서! 나츠!"
"야, 너, 그거 어디서 갖고 온 거야?"
"매점에서 샀지롱! 말은 필요 없다! 먹어라!"
"아야얏! 그거 꽤 아프다고! 너무 세잖아!"
——우타가 어디서 사 온 물총으로 날 노리고 쏘기도 하고.

"어머, 하이바라도 쉬게?"
"조금 안 쉬면 체력이 못 버텨……."
"후후, 엄청 신나게 놀았으니까. 별일이네. 평소엔 차분하면서."
"애들 흥분에 끌려갔다는 자각은 있어……."
"물도 제대로 마셔. 쓰러지지 않게. 자, 저기 아이스박스에 음료수 잔뜩 차갑게 식혀놨으니까."
"역시 나나세야. 믿음직한 모두의 엄마……."
"누가 엄마야. 딸은 히카리 하나만으로 벅차거든."
"그럼 엄마 맞잖아……."

——파라솔 아래에서 쉬고 있는 나나세와 모두가 놀고 있는 모습을 구경하기도 하고.

"있잖아, 얘들아, 저기서 바나나 보트 안 탈래?"
"어? 그런 게 있어? 완전 재밌겠다!"
"바나나 보트가 뭐냐?"
"저기 보면 알아. 우리가 바나나 같은 튜브 보트에 타면 모터보트가 끌어주는 놀이지. 유료 같은데, 하고 싶은 사람만 가자."
"나, 난 됐어…… 좀 무섭다……."
"난 해야지~ 재밌겠다. 넌 어쩔래?"
"물론 가야지. 나랑 타츠야랑 우타랑 미오리, 레이타면 되나?"
"좋았어! 레츠 고~!"
——바나나 보트에 올라 뒤에 앉은 우타가 어깨를 붙잡고 흔드는 바람에 전복되기도 하고.

"왜 바다에서 먹는 야키소바는 이렇게 맛있다냐."
"바다에서 먹는 카레도 제법 빼놓을 수 없지 않냐. 아무리 봐도 즉석식품인데."
"아니지, 라멘이 최고 아닐까? 심플하게 고전적인 쇼유의 맛을 일부러 택했단 게. 최고라니까."
"역시 그건가? 뭐더라? 바다 파워 효과란 거."
"……손톱만큼도 안 비슷한데 플라세보 효과라고 말하고 싶었어?"

"그거야, 그거. 역시 나츠키야."

――레이타, 타츠야와 해변 휴게소에서 점심을 먹으며 바보 같은 대화를 나누기도 하고.

"뭐 해?"

"보는 것처럼 모래놀이. 지금 어려운 부분 하는 중이야."

"이렇게 퀄리티 높은 모래성은 처음 봤다……."

"난 항상 최고를 추구하는 생물이야. 타협은 할 수 없어."

"열심히 하는 건 좋은데 금세 곧 무너질걸?"

"괜찮아, 딱히. 그래도 네 기억 속엔 남잖아?"

"그야 뭐, 이렇게나 훌륭한 모래성은 좀처럼 잊기 힘들지……."

"응. 그러면 내 2시간도 보답받을 거야."

"……2시간이나 이걸 했어?!"

――열심히 모래로 놀던 세리카와 느긋하게 대화를 나누기도 하고.

"내가 서브지! 먹어랏!"

"어라? 우와아아…… 미, 미안해!"

"야, 우타! 비겁하게 호시미야를 노리냐?!"

"맞아. 호시미야의 운동 신경을 고려해야지."

"레, 레이타? 그 말이 가장 상처받는데?"

"그래 그래. 다음 간다~."

"나츠키도 무시하지 마!!"

——다 같이 비치 발리볼을 하며 놀기도 하고.

그런 식으로.
온갖 놀이를 어린아이처럼 전력을 다해 즐긴 우리는.
"지, 지친다……."
파라솔 밑 거점에 모여 쉬고 있었다.
그늘이 무척 시원하게 느껴진다.
아직 마르지 않은 몸에 살랑살랑 불어오는 바닷바람이 편안했다.
돗자리 위에 드러누운 내 머리에 우타가 꽁꽁 언 페트병을 올려놓았다.
"우왓, 차가."
깜짝 놀랐지만 차가워서 기분이 좋다.
"아하하, 장난이야."
"아니, 말 안 해도 알지."
"난 솔직하거든. 칭찬해도 돼."
"……그래 그래, 장하다 장해."
옆에 앉은 우타가 누운 날 들여다보았다.
내 반응을 보고 즐거운 듯이 웃는다.
그 웃는 얼굴이 어쩐지 분할 정도로 귀여웠다. 하나하나 내 마음을 흔들지 말길 바랐다. 안 그래도 수영복 효과 때문에 대미지가 3배로 들어오건만.
"미오리, 자."

"어휴, 하지 마, 레이타."
우리 옆에선 레이타가 미오리에게 비슷한 장난을 치고 있었다.
여긴 애들밖에 없어? 하여간 진짜, 그렇게 말하며 미오리는 웃었다.
"하~ 재밌었다."
누군가 그렇게 말했다.
점점 해가 기울어 살짝 시원해졌다.
그래도 해가 저물기엔 아직 시간이 걸릴 것 같았지만.
낮엔 그렇게나 많았던 관광객이 서서히 줄어 해변에 사람이 드문드문해졌다.
한동안 누구도 입을 열지 않았다.
모두 멍하니 바다를 바라보고 있었다.
하지만 분위기는 나쁘지 않았다. 오히려 계속 이곳에 있고 싶다고 느꼈다.
"……코티지로 돌아갈까."
그럼에도 끝은 찾아온다.
아쉬움을 뿌리치듯이 내가 그렇게 말했다.

*

해변 휴게소 샤워실을 빌려 개운하게 씻은 뒤 사복으로 갈아입었다.
돌아가는 길은 버스를 타지 않고 모두와 함께 걸어갔다. 낮보다 시원해서 그런 것이 아니라, 가는 길에 대형 슈퍼가 있었기 때문이다. 그곳에서 재료를 사서 밤에 바비큐를 할 것이다.

여덟 명이 시끌벅적하게 굴면 가게에 민폐이니 장보기 멤버를 엄선했다. 가위바위보의 결과와 실제로 도움이 될지를 고려해 나와 나나세, 세리카와 레이타로 정해졌다.

"이거랑 이거랑 이거랑……."

내가 주체가 되어 장을 볼 셈이었으나 나나세가 고민 없이 바구니에 물건을 담았다.

과연 모두의 엄마다. 엄마는 역시 믿음직스러워. 그러고 보니 나나세 엄마는 아르바이트 가게에서 발주 같은 것도 담당하고 있었다. 망설임이 없는 것은 그 경험 덕이겠지.

"또 살 게 있나?"

대강 필요한 것을 바구니에 넣었을 때 나나세가 물었다.

"아니, 괜찮을 것 같은데? 너무 많이 사서 남겨도 좀 그러니까."

어째 세리카가 맥시멈이란 이름의 조미료를 바구니에 담았지만, 뭐라 할 타이밍을 놓쳤군…….

"타츠야가 얼마나 먹을지 몰라서."

"부족하면 타츠야한테 여기까지 사러 오라 그러면 돼."

그렇게 말하고 레이타가 어깨를 으쓱여 우리는 "그러게." 하고 웃으며 고개를 끄덕였다.

장보기를 마치고, 각자 무거운 비닐봉지를 나누어 들고 귀갓

길을 걸었다.

내가 가장 무거운 봉투를 맡았는데, 아무리 그래도 좀 무겁다. 뭐, 고기뿐만 아니라 쌀이랑 채소에 과자나 주스도 있으니까.

그럼에도 쉬지 않고 걸을 수 있는 건 꾸준한 근력 운동의 성과일 것이다.

"있지, 레이타. 물어봐도 돼?"

문득 세리카가 입을 열었다.

"세리카가 양해를 구하다니 별일이네. 뭔데?"

레이타가 평소처럼 부드러운 어조로 되물었다. 여기도 친해 보이는걸.

그렇게 속 편한 생각을 하고 있었는데, 세리카가 돌직구 같은 말을 날렸다.

"혹시 미오리랑 사귀기 시작했어?"

……그건 솔직히 나도 궁금하던 차였다.

오늘 두 사람의 거리감은 명백하게 가까웠다. 물론 설령 그렇다 해도 아무런 문제도 없달지, 기뻐해야 할 일이다. 그럼. 내가 그렇게 생각하지 않을 이유가 없다.

"……그래 보였어?"

레이타는 옅은 미소를 지으며 되물었다.

"뭐, 그런대로."

"상상에 맡길게."

"네가 그렇게 말한다는 건 아직 안 사귀는 거구나."

마른침을 삼키고 상황이 어떻게 굴러가는지 지켜봤다.

이윽고 레이타는 맥없이 쓴웃음을 지었다.

"정답. 사귀는 사이 아니야—— 아직."

그 말이 뜻하는 바는 아무리 나라도 이해할 수 있었다.

한편 세리카는 "그래." 하고 자기가 물어본 주제에 관심 없다는 듯이 말했다.

나나세는 즐거운 듯이 "나도 도와주는 게 좋아?" 하고 묻고 있었다.

레이타는 쓰게 웃었지만 아무 말도 하지 않았다.

……뭐, 애당초 미오리도 레이타를 좋아하니 다른 사람의 협력은 필요 없겠지.

즉 시간문제란 뜻이다.

*

코티지로 돌아와 바비큐를 시작했을 때는 이미 밤이 되어 있었다.

넓은 테라스엔 미리 의자 몇 개와 테이블이 마련되어 있었고 정중앙에 바비큐용 그릴을 펼쳐놓았다. 이미 그물망 위에선 고기 몇 점이 구워지고 있었다.

치익거리는 소리를 내는 고기를 이제나저제나 하고 타츠야가 기다리고 있다.

이 바비큐 세트는 집주인에게 빌린 것이다.

원래 숙박 옵션으로 바비큐를 즐길 수 있게 되어 있었다.

오히려 테라스에서 바비큐를 할 수 있다고 적어놓았기에 이곳을 고른 것이다.

"좋았어! 고기 굽는 것만 나한테 맡겨!"

"밥도 다 됐어~! 우선 한 사람당 한 공기씩이야!"

"자, 종이 접시랑 종이컵 줄게. 아, 이건 고기용 소스야. 종류 많이 사 왔으니까."

선택지는 그 밖에도 있었지만, 이 광경을 보니 이것이 정답이었던 것 같다.

해가 지고 주변은 어두웠다. 방울벌레 울음소리만이 선명히 들려온다. 광원은 코티지 안 불빛뿐. 테라스 안쪽으로 갈수록 어두워져 점차 모두의 얼굴이 보이지 않게 됐다.

시골이라 그런지 주변은 정말로 캄캄했다. 나와 미오리네 동네도 비슷하지만, 군마 내에서도 도시 쪽에 살고 있는 우타네는 신선함을 느끼고 있을 것이다.

테라스 입구에 앉은 세리카가 가지고 온 스피커로 음악을 틀기 시작했다.

첫 번째 곡은 원오크의 '네 손에 달린 열차' 였다.

우타와 타츠야가 신나게 노래를 부르며 고기를 굽는다. 침 튀기지 마.

도시라면 주변에 민폐겠지만, 이곳은 주변 건물과 거리가 멀어 문제없을 것이다.

"——더 안 먹어도 돼?"

테라스 안쪽에서 나무 울타리에 등을 기대고 있었는데 어느새 옆에 호시미야가 와 있었다.

"배가 빵빵해. 그러는 호시미야는?"

"나도. 너무 많이 먹었어."

호시미야는 쓴웃음을 지으며 배를 쓰다듬었다.

역시 바비큐는 좋다. 고기도 채소도 밥도 잔뜩 먹어 만족했다.

다른 여섯 명은 여전히 고기를 구우며 시끄럽게 떠들고 있었다. 콜라밖에 안 마신 주제에 취한 듯한 분위기다. 저 레이타마저 큰 소리로 웃고 있다. 세리카는 표정은 별로 변하지 않으면서도 분위기를 잘 타 그 낙차가 재미있었다. 미오리와 우타는 뭐가 그리 재미있는진 몰라도 잠깐 말할 때마다 배를 잡고 웃음을 터트렸으며 나나세가 고기를 굽는 옆에선 타츠야가 연신 배로 옮기고 있었다. 저 녀석 몇 점이나 먹으려는 거야?

호시미야와 둘이서 그런 광경을 바라보았다.

갑자기 오른손 손바닥으로 사람의 살결을 느꼈다.

굳이 볼 것도 없이 그것이 사람 손이란 걸 알았다.

어둠 속에서 내 손바닥의 형상을 파악하고 있던 그 손이 꼬옥, 쥔다.

옆에 있는 호시미야를 바라보았다. 호시미야는 날 보지 않았다. 계속 모두가 있는 쪽을 바라보고 있다.

우리가 있는 곳은 테라스 안쪽이라 무척 어두웠다. 코티지 가까이 있는 모두는 대충 보였지만, 모두에게서 우리의 모습은 어렴풋하게만 보일 것이다.

손을 잡고 있으리라곤 가까이 오지 않으면 모를 것이 분명하다.

어떻게 해야 좋을까. 그것이 가장 처음 든 감상이었다. 기쁘다든가 행복하다든가 하는 감정은 나중에 찾아왔다. 그 이유는. 알고 있었다. 그것은 내가 망설이고 있었기 때문이다.

줄곧 이대로 있고 싶었다. 가늘고 작은 손이다. 지금도 부러질 것처럼 느껴진다. 그래서 내가 지켜주고 싶다고 생각했다. 줄곧 호시미야 곁에서 손을 잡고 걸어가고 싶다고 생각했다.

그것과 모순하는 듯한 감정이, 동시에 마음속에서 소용돌이치고 있었다.

"……안 되겠다. 치사하지, 나."

문득 호시미야가 그렇게 읊조렸다.

스르륵 잡고 있던 손이 풀린다.

질문 같으면서도 혼잣말과도 닮아있었다.

호시미야가 한 말의 의미를 생각하고 있는데 발소리가 다가왔다.

"……뭐 하고 있어?"

의외랄 만큼 조용한 목소리였다.

고개를 들자 우타가 상냥한 표정으로 우리를 보고 있었다.

뭐라고 대답할지 내가 망설이자 우타가 먼저 입을 열었다.

"바비큐는 이제 그만한대. 타츠가 못 움직이게 돼서."

"그야 뭐…… 그렇게나 먹었으니."

당사자인 타츠야는 배를 문지르며 의자에 앉아 추욱 늘어져 있었다.

"우리도 돌아갈까. 시원해지긴 했어도 역시 에어컨이 없으니까 덥다."

"……그러, 게."

호시미야는 짧게 대답하고 고개를 끄덕였다.

……우타는 우리를 보고 있었을까.

그다지 이쪽을 보고 있는 것처럼 보이진 않았는데.

"얘들아."

우리 세 사람이 그런 대화를 나누고 있는데 세리카가 다가왔다.

"왜 그래?"

그렇게 묻자, 세리카는 커다란 비닐봉지를 끄집어냈다.

그 안에는 불꽃놀이 세트가 몇 개 정도 들어있었다.

"아까 슈퍼에 갔을 때 몰래 불꽃놀이 샀거든. 하자."

어, 어느새 이런 걸……. 어쩐지 짐이 많다 싶더라니.

"어? 불꽃놀이?! 역시 세리야! 놀 줄 안다니까!"

우타가 대놓고 흥분하기 시작했다.

……불꽃놀이라. 확실히 청춘이란 느낌이 무척 좋다.

오히려 왜 자신이 떠올리지 못했는지. 너무 분하다.

아직도 내 청춘력은 낮구나…….

혹시 몰라 집주인에게 전화로 확인하자, 주차장에서라면 해도 괜찮다고 허락을 받았다.

우리는 차를 타고 온 게 아니어서 원래부터 넓은 공간을 전부 쓸 수 있었다.

"그나저나, 새까맣네."

현관에서 밖으로 나오자, 거의 아무것도 보이지 않았다.

광원은 테라스 창문 정도다. 1층 불이 희미하게 이곳까지 닿았다.

테라스에선 여전히 타츠야가 괴로워 보이는 얼굴로 앉아있었다. 아직도 못 움직이냐.

그 근처에선 나나세가 기가 막힌다는 표정으로 타츠야를 바라보고 있었다.

레이타와 미오리는 거실 소파에 앉아 잡담을 나누는 모양이었다.

"저 녀석들은 안 한대?"

"응. 보면서 즐길 테니 괜찮대."

인원은 좀 적지만, 폭죽 개수도 그리 많지 않으니 뭐.

"아무래도 어둡나?"

"그래도 불꽃놀이니까 어두운 게 분명 더 예쁠걸?"

우타는 요령 좋게 스마트폰의 플래시 기능을 써가며 소화용 양동이를 준비하고 있었다.

아하, 저런 방법이 있었군.

"화 속성 마법, 발동."

한편 라이터를 들고 온 세리카가 영문 모를 선언을 입에 담으며 폭죽에 불을 붙였다.

폭죽 끝에서 불꽃이 기세 좋게 빗줄기처럼 뿜어져 나온다. 일반적인 스파클라 폭죽이다.

세리카는 스파클라 폭죽을 손에 들고 빙글빙글 회전시켰다. 예쁘긴 한데 위험하다?

"나츠! 이거 봐봐!"

우타는 스파클라 폭죽을 양손에 들었다. "쌍검!" 하고 말하며 신이 났다.

"이거 이렇게 하는 거던가? ……어? 우와아?!"

팽이 폭죽에 불을 붙인 호시미야가 깜짝 놀라 내 어깨를 붙잡았다.

"그렇게 놀랄 일이야?"

"새, 생각보다 기세가 세서……."

그렇게 말한 호시미야는 퍼뜩 깨달은 듯이 내 어깨에서 손을 뗐다.

손을 잡았던 아까와는 정반대로 내게 닿는 걸 피하려는 동작이었다.

……어떻게 된 거지?

거의 알 수 없었지만, 조금은 알 것 같은 느낌이 들 것 같기도 했다.

다만 착각이라면 내가 말도 안 되는 자의식 과잉인 셈이 된다.

……하지만 평범하게 생각했을 때, 호시미야가 관심 없는 남자의 손을 잡으리라곤 생각할 수 없었다.

치지지직 하고.

지면에 불꽃을 흩뿌리며 마구 돌던 팽이 폭죽이 이윽고 기세를 잃으며 꺼졌다.

"아직 더 있거든?"

세리카가 사 온 불꽃놀이 세트에는 많은 종류의 폭죽이 들어 있었다.

그 안에는 로켓 폭죽도 들어있었고 밤하늘로 올라가는 모습이 무척 아름다웠다.

여러 폭죽을 즐기며 슬슬 끝이 다가왔을 무렵.

"나츠, 이리 와."

쪼그려 앉은 우타가 손짓했다.

다가가 나도 쪼그려 앉자, 우타는 손에 든 폭죽에 불을 붙였다.

타닥타닥, 조그마한 불꽃이 타들어 가기 시작했다. 우타의 얼굴도 잘 보이지 않는 캄캄한 어둠 속에서 오렌지색 불꽃만이 순간 깜빡이다가 사라지고, 그것을 몇 번이고 반복했다.

선향 폭죽이었다.

이윽고 폭죽은 기세를 잃다가 희미하게 빛나는 동그란 불씨만을 남겼다.

"……나츠는 이제 곧 생일이지?"

우타가 조용히 읊조렸다.

동시에 불씨가 지면에 톡 떨어졌다.

"용케 기억했네?"

"그야 기억하지. 좋아하는 남자애 생일인걸."

솔직한 말에 놀라 우타를 바라보았다.

새카만 어둠 속에서 희미하게 보이는 우타는 이미 사라져 버린 선향 폭죽을 바라보고 있었다.

"나츠는 생일 선물, 뭐 받고 싶어?"
"어? 글쎄. 바로 떠오르진 않는데……."
우타가 주는 거라면 무엇이든 기쁠 것 같았다.
"그러면, 알아서 생각할게. 나츠가 엄청 좋아할 만한 거 준비할 거야."
"자기가 난이도를 높여도 괜찮겠어?"
농담 섞인 질문에 우타는 대답했다.
"……그만큼, 계속, 나츠를 생각하고 정할 거야."
천천히 자신이 한 말을 확인하듯이.
"……난, 행복한 사람이구나."
"……맞아. 이제야 알았어?"
아하하 하고 우타는 부드럽게 웃곤 선향 폭죽을 하나 더 꺼냈다.
"이게 마지막 폭죽이네."
불을 붙이자, 다시 타닥타닥 폭죽이 타들어 가기 시작했다.
우타 옆에 앉은 채 그 선향 폭죽을 빤히 바라보고 있었다.
불씨가 지면에 떨어질 때까지 나도 우타도 아무 말도 하지 않았다.
"끝났다."
우타가 아쉽다는 듯이 말했다.
"……끝나버렸네."
폭죽은 왜 이렇게나 순간적일까.
그렇게나 아름답게 반짝이는데.

"……다들 이미 정리 시작했네! 우리도 도와야겠다!"

감상에 젖어있는 나와 달리 우타는 밝게 웃으며 세리카와 다른 사람들에게 합류했다.

——불꽃놀이의 시간이 막을 내렸다.

*

그 뒤로는 샤워를 하며 땀을 닦아내고.

자기 전까지 모두와 트럼프 카드놀이나 게임을 하며 보냈다.

대부호에선 무슨 일인지 나나세가 잔뜩 졌고 마피아 게임에선 세리카가 이상하리만치 강한 실력을 발휘했다.

그 밖에도 우노나 코요테 등등 여러 게임을 하며 신나게 놀았다.

"슬슬 잘까."

일단락 짓듯이 레이타가 말했다.

소파에선 타츠야가 크게 코를 골며 자고 있었다.

조금 전까지 바다거북 수프 문제에 참가하던 미오리도 꾸벅꾸벅 졸고 있었다.

시계를 보니 제법 적당한 시간이 됐다.

"……그러게."

나는 일어날 기색이 없는 타츠야를 짊어지고 2층으로 올랐다.

세리카는 졸린 기색의 미오리의 손을 이끌고 여자들 방으로 데리고 갔다.

"잘 자렴."

"그래, 잘 자."

마지막으로 나나세와 인사를 나누고 방문을 닫았다.

침대에 드러눕자 생각보다 몸이 피곤했다는 사실을 뒤늦게 깨달았다.

하지만 그 졸음은 옆 침대에서 자는 타츠야의 코골이에 지워졌다.

레이타랑 같은 방을 쓸 걸 그랬다…….

뭐, 그래도 레이타는 잘 때 혼자가 좋다고 하니까.

*

눈을 감고 얼마나 시간이 지났을까.

잠은 잘 오지 않아도 천천히 시간은 흘러간다.

잠들진 못했지만, 생각할 일은 많았다. 여러 가지 것들을 생각했다.

이윽고 희미한 빛을 느껴 눈을 떴다.

침대에서 내려와 창밖을 보자 해가 떠오르기 직전의 하늘이 아름다웠다.

"……산책이라도 할까."

이대로 눈을 감고 있어도 어차피 잘 수 없을 것이다.

포기하고 아침노을이 진 바다라도 보러 가는 것이 유익하리라.

방을 나서 1층으로 내려왔다.

어제의 소란스러움이 거짓말처럼 조용했다.

이제 끝이라고 생각하니 아쉬웠다. 정말로 즐거운 여행이었다.

밖으로 나왔다. 아직 어두운 하늘이 조금 붉게 물들어 있다. 선선한 바람이 불어온다.

인적 없는 길을 걸었다. 점점 하늘이 노을빛으로 물들어 갔다.

길 끝으로 바다가 보이기 시작했다. 수평선 너머로 태양이 얼핏 보인다.

태양의 빛이 바다에 길을 만들었다.

지금, 이 순간만 볼 수 있는 절경이다.

모처럼의 경치를 더욱 즐기기 위해 바다로 다가갔다.

그러자 방파제 위에 앉아있는 사람 그림자가 보였다. 고등학생쯤 되어 보이는 소녀의 것이었다.

"……호시미야?"

말을 걸자── 호시미야 히카리는 나를 보고 깜짝 놀란 듯이 눈을 깜빡거렸다.

천천히 불어오는 바닷바람에 호시미야의 머리카락이 나부꼈다.

"나츠키도 잠에서 깼어?"

"아니, 난 잠을 못 잔 거야. 그래서 포기했어."

"어? 괜찮아?"

"눈은 감고 있었으니까, 체력은 회복했어."

조금 걱정스러워 보이는 호시미야에게 팔에 알통을 만들고 기운차게 어필해 보였다.

"그렇다면야, 다행인데……."

"아침노을이라도 보면서 기분 전환이라도 하려고 그랬거든."

호시미야 옆에 앉으며 내가 말했다.

해가 떠오르며 아침노을이 서서히 그 색채를 바꾼다. 계속 봐도 안 질리는걸.

"난 있지, 바다를 보면 속이 풀릴까 싶어서."

호시미야 쪽을 힐끗 보았다. 호시미야는 물끄러미 바다를 바라보고 있었다.

"바다, 좋아하거든. 넓고 투명하고 예뻐서, 내 불안이나 어두운 감정이 씻겨 내려가는 기분이 들어서…… 정말, 계속 보고 있고 싶을 정도로."

여행 목적지를 얘기할 때 바다에 가고 싶다고 가장 먼저 말할 정도니, 그야 그렇겠지.

그 소설을 읽으면서도 호시미야가 바다를 좋아한다는 사실이 전해졌다.

"……조금, 고치고 싶어졌어. 역시 직접 보고 있을 때가 아니면 나오지 않는 표현이란 게 있는 것 같거든. 지금이라면 분명, 더 좋은 문장을 쓸 수 있어."

"굉장한걸, 호시미야는. 난 이 경치를 봐도 아름답다는 말 밖에 안 나와."

"나츠키가 지금 느낀 감정을, 내 소설을 읽기만 하는 사람에게도 전하고 싶어. 물론 완벽하게 전할 순 없겠지만. 조금이라도 좋은 작품으로 만들고 싶으니까."

노을에 비친 그 옆얼굴이 아름다웠다.

문득 호시미야는 날 보고 무언가 생각난 듯이 쿡쿡거리며 웃었다.

"생각보다 선선하네."

무척 평범한 말이었다.

나도 평범하게 대답하려다 기묘한 기시감을 깨달았다.

"……해도 없고 바람도 부니까."

실제론 태양이 얼핏 모습을 보이고 있었지만 나는 그렇게 말했다.

그것은 호시미야가 쓴 소설의 한 장면이었다.

몇 번이고 계속 반복해 읽었더니 나도 문장 하나하나를 빠짐없이 기억하고 있었다.

이야기의 후반부. 제3장 '달이 보이는 밤에'의 클라이맥스.

서로의 마음을 부딪치는 소년과 소녀. 내가 가장 좋아하는 장면이다.

"바닷바람이라 너무 쐬면 끈적거릴지도 모르겠다."

호시미야는 노래하듯이 말을 이었다.

"있잖아, 나는…… 네게 힘이 되어줄 수 있었을까?"

그래서 나도 소년의 말을 따라 읊었다.

따라 하기만 했을 뿐인데 그것은 어째선지 내 본심과 겹쳤다.

나는 호시미야에게 힘이 되어줄 수 있었을까.

호시미야가 앞으로 발을 내디딜 용기를 보태줄 수 있었을까.

"물론이지. 네가 없었다면 난 아무것도 못 했을 거야."

호시미야는 소설대로 대답하며 날 지긋이 바라보았다.
그 대답을 듣자, 왠지 모르게 마음이 놓이는 기분이 들었다.
이것이 소설의 한 장면을 연기하는 놀이란 것을 알고 있다 해도.
재미있다고 생각했지만 놀이는 여기서 끝이다.
왜냐하면 지금 우리와 소설 사이엔 결정적으로 다른 부분이 있기 때문이다.
소설에선 보름달이 뜬 밤에 바다를 바라보고 있다. 그 상황을 이용한 대사가 있다.
그래서 지금 우리는 그 말을 따라 할 수 없었다.
"있잖아…… 나츠키."
그래서 그런지 호시미야는 내 이름을 불렀다.
소설에 등장하는 소년의 이름이 아닌, 내 이름을.
그대로, 물끄러미 내 얼굴을 바라본다.
무척 부드러운 미소를 짓고서.
아무런 대답도 못 한 채 넋을 잃고 바라보고 있자, 호시미야 히카리가 말했다.

"——언젠가, 보름달이 보이는 밤에."

그렇게 말하고 호시미야는 방파제 위에서 내려갔다.
비치 샌들로 모래사장 위를 사박사박 걸으며 내 쪽을 바라보았다.

"정했어, 나. 우타한텐 안 질 거야."

그것이 무슨 뜻인지, 아무리 나라도 알 수 있었다.

사실은 지금 당장 뛰어오르고 싶을 만큼 기뻤지만, 그 마음을 표현할 자격이 없다는 것 정도는 이해하고 있었다. 우유부단한 자신에게 싫증이 났고, 그럼에도 확실치 못한 이 마음 그대로 무언가를 선택하는 것은 불성실하지 않을까, 나는 줄곧 그렇게 생각했다.

하지만 그것은 내가 도망치던 것일지도 모른다.

이 상황을 지속하는 게 훨씬 불성실할 것이다.

두 사람이 내 마음을 헤아려서 선택을 뒤로 미룰 수 있도록 해 준 것은 알고 있었다.

두 사람이 날 좋아한다는 사실도 이미 알고 있었다.

——그렇기에 나는 어서 결단을 내려야 한다.

아침노을이 사라지고 하늘에 태양이 떠오른다.

나와 호시미야는 더워지기 전에 자리를 뜨기로 했다.

……그렇게, 즐거웠던 여행이 끝을 고했다.

▶종 장　기적 같은 여름의 끝

여름 방학 후반부는 눈 깜짝할 새에 지나갔다.

다 같이 여름 방학 숙제를 풀기도 했고 마에바시 불꽃축제를 함께 찾기도 했으며 평소엔 나나세와 아르바이트에 푹 빠진 나날을 보내면서도 동아리가 끝난 우타네와 합류해 놀거나 타츠야네 집에 들러 대난투 대결을 벌이는 등, 아무튼 충실한 나날을 보냈다.

8월 28일에는 우타에게 생일 선물을 받았다.

그것은 심플한 목걸이였다. 쓸데없는 장식을 덕지덕지 붙이지 않고 최저한으로 꾸며 센스가 느껴졌다. 내 취향이었다. 분명 그럭저럭 가격도 나갈 것이다.

호시미야는 날 위해 단편 소설을 써줬다.

게다가 바로 그 자리에서 내 취향과 바람을 들으며.

그것만으로도 아주 기뻤는데 호시미야는 부족하다고 생각했는지 수제 쿠키를 들고 와 주었다. 생긴 건 조금 못생겼지만, 호시미야가 날 위해 만들었다고 말해준 것만으로도 기뻤고 그것을 제쳐놓더라도 쿠키는 매우 맛있었다.

그리고 날 위해 써 준 단편 소설이 정말 재미있었다. 좋아하는 작가가 자신을 위해 소설을 써 주다니, 오타쿠로선 더없을 행복이 아닐까.

이윽고 여름 방학 마지막 날이 찾아왔다.

무슨 일인지 미오리는 요즘 줄곧 우리 집에 들락거렸고 오늘은 내 침대에 드러누워 최근 유행하는 러브 코미디 만화를 읽고 있었다. 그거 재밌지.

"……그보다 미오리. 너 우리 집에 있어도 되냐?"

"무슨 뜻이야? 아직 저녁인데."

어리둥절한 모습인 미오리. 이 녀석, 아무 생각도 없나?

"아니, 시간 문제가 아니라…… 그, 앞으로의 일도 포함해서 한 얘기야. 너무 우리 집에 들락날락하면 레이타한테 안 좋은 인상 주는 거 아냐?"

그야 우리 집이 편하단 건 알겠지만.

아무렴, 편리한 심부름꾼이 있으니까요. 나란 이름의. 하하하.

"……그렇, 지."

미오리는 허를 찔린 듯이 말했다.

"……그럼 오늘은 이만 갈까."

그 등이 묘하게 작아 보였다.

"아니, 딱히 오지 말라고 한 거 아니거든? 그냥 난——."

"알아."

미오리는 내 말을 자르듯이 말했다.

"날 생각해서 말해준 거지? 맞는 말인 것 같아. 아직 사귀는 사이는 아니라고 해도 배려가 부족했던 건 나야. ……지금 네게도, 민폐지."

그런 게 아니라고 나는 단언할 수 없었다.

미오리와 함께 있으면 즐겁다. 미오리가 집에 와 주면 기쁘다.

하지만 그 두 사람의 마음을 보류해 둔 내가 미오리와 단둘이 있는 것은 좋지 않다고 생각했다. 그 생각이 지금 발언에 포함되어 있지 않다곤 단언할 수 없었다.

"……그보다 왜 아직도 안 사귀는 거야?"

그래서 미오리의 마지막 말은 건드리지 않았다.

"조금만 밀어붙이면 바로 사귈만한 상태지?"

미오리라면 이제 레이타가 그럴 마음이 들었다는 것 정도는 눈치챘을 것이다.

바다 여행 중에도 사이좋게 두 사람이 대화를 나누는 모습이 많았다. 레이타와 미오리 모두 소극적인 성격과는 거리가 멀었기에 그런 거리감인데 왜 아직 사귀지 않는 건지 알쏭달쏭했다.

미오리는 고개를 숙이며 조용히 읊조렸다.

"……그렇, 지. 이상하지."

기묘한 침묵이 찾아왔다.

왠지 분위기가 무거웠다.

……뭔가, 내가 실수했나? 그런 예감이 들었다.

"좋아, 정했어."

미오리는 침대 위에서 일어서더니 선언했다.

평소처럼 웃는 얼굴로, 방금까지의 답답한 침묵이 거짓말인 것처럼.

"나, 레이타한테 고백할게. 요즘 좀 신중하게 굴었는데 그런 건 나답지도 않고…… 여기서 재빨리 승부를 내고 행복해지겠습니다!"

미오리는 의욕을 불어넣듯이 "아자 아자 파이팅!" 하고 주먹을 하늘로 치켜들었다.

그런 미오리를 보고 나는 미오리에게 내 주먹을 내밀었다.

"——힘내, 미오리. 나도 응원할게."

나도 네 행복을 바라고 있다. 네 행복이 나의 행복이다.

항상 날 도와준 널 정말로 소중히 여기고 있으니까.

미오리의 바람이 이루어졌으면 좋겠다.

"——응."

톡 하고. 미오리는 주먹을 마주 댔다.

"……너도 슬슬 제대로 정해야 한다?"

하지만, 왜일까.

확실히 웃고 있을 터인데.

미오리의 표정이 순간 울음을 터트릴 것처럼 보인 것은——.

*

여름 방학이 끝나 9월로 들어섰다.

늦더위가 이어지는 가을의 시작. 학교가 시작되고 평소 같은 일상이 돌아왔다.

"나츠키, 잠깐 괜찮아?"

점심시간에 복도를 걷고 있는데 내게 말을 걸어온 것은 세리카였다.

평소처럼 무뚝뚝한 얼굴로 세리카는 담담히 물었다.

"나랑 같이 밴드 안 할래?"

"어, 엉……?"

즐거웠던 여름은 잊지 못할 추억이 되고.

푸르른 나무들이 노랗게 물들기 시작할 무렵, 새로운 청춘이 시작된다.

가장 중요한 청춘 이벤트(개인 조사 결과)로 유명한 문화제 시즌이 다가오고 있었다.

"――진심이야. 우리의 음악으로 세상을 바꿔보자."

작가 후기

여름은 청춘의 계절이기에 일단 바다와 수영복과 불꽃놀이와 바비큐를 전부 올리고 덤으로 가출까지 추가해 놨습니다. 가출에서 이어지는 외박은 최고로 청춘이죠? 그렇죠?

오랜만에 뵙습니다. 아마미야 카즈키입니다.

자, 3권은 여름 이야기였습니다. 주역은 호시미야 히카리. 지금까지 귀여운 모습을 보여주면서도 속마음은 잘 알 수 없던 호시미야의 인물상이 명확하게 드러나지 않았을까 싶습니다.

앞으로도 (자칭) 학교의 아이돌, 호시미야 히카리를 잘 부탁드립니다.

이번 테마는 '장래의 꿈' 과 '가족' 입니다. 2권에 이어 나츠키가 스스로 직면하게 되는 것이 아니기에 어디에 세워야 할지 어려운 부분이 있었습니다. 특히 중반부는 나츠키를 어떻게 얽을지 고민하고 있었는데, 어째 호시미야가 가출을 해버렸습니다. 깜짝 놀랐어요.

그리하여 3권, 어떠셨을까요.

모처럼 여름 방학이 시작되었기에 이야기의 축을 학교 쪽에서 멀리 두어 봤습니다. 그러면서 모두가 공감할 만한 테마를 최대한 정성껏 그리고 싶다고 생각했습니다.

실제로 명확한 장래의 꿈이 있는 고등학생은 별로 없을지도 모릅니다. 다만, 제 친구 중엔 몇 명 정도 있었습니다. 하고 싶은 것도 없어 무난하게 대학이나 갈까~ 하고 막연히 생각하고 있었을 뿐인 저는 그렇게 장래에 명확한 비전을 가진 사람을 존경한 기억이 있습니다.

이번에 호시미야의 이야기를 그리며 저 자신을 돌아보았습니다.

그러고 보니 소설가가 되고 싶다고 생각한 적은 없었구나 하고 문득 깨달았죠.

소설가가 된 이후로는 줄곧 소설가이고 싶다고 항상 생각하고 있습니다.

처음으로 소설을 쓴 것은 고등학교 1학년 때였습니다. 특별한 이유는 없었습니다.

재미있는 소설을 읽고 나도 이렇게 재미있는 소설을 쓰고 싶다고 생각했습니다.

옛날부터 머릿속에는 표현하고 싶은 공상이 잔뜩 있었기에 그것을 문장으로 출력하는 작업의 즐거움을 깨달았습니다. 동시에 무척 어렵고 심오하다는 것도 깨달았죠.

어떤 콘셉트가 있어야, 어떤 캐릭터가 있어야, 어떤 전개 구조가 있어야, 어떻게 표현해야 독자를 매료시키는 이야기가 될까.

어느 날 무척 재미있는 소설을 읽고 재미있는 소설을 쓰고 싶다고 생각한 것처럼.

저도 누군가의 원동력이 되는 소설을 쓰고 싶었습니다.

질리기 쉬운 성격을 가진 제가 오늘에 이르기까지 소설을 계속 쓸 수 있었던 이유는 그런 식으로 '재미'를 추구하는 작업이 정말로 즐거웠기 때문이라고 생각합니다.

소설의 첫 출판이 결정된 건 대학교 1학년 가을이었습니다.

당시 취미로 웹 소설을 쓰고 있었을 뿐이었기에 서적화가 되진 않으려나~ 하고 막연히 생각하곤 있었지만, 정말로 출판할 수 있게 되리라곤 생각하지 못했습니다.

인생은 무슨 일이 벌어질지 모르겠더군요. 앞일은 생각 없이 찰나에 몸을 맡기고 살고 있어서…….

다만, 재미있는 소설을 쓰고 싶다는 충동은 당시부터 변함없다고 생각합니다.

그래서 소설가를 목표로 하는 호시미야 히카리의 본질도 아마 거기에 있는 듯한 느낌이 듭니다.

감사 인사로 넘어가겠습니다. 담당 편집자 N 씨, 이번에도 "마감? 그게 뭐지……?" 그렇게 말하는 듯이 작업해 정말로 죄송했습니다……. 일러스트레이터인 긴 씨, 이번에도 멋진 일러스트들을 그려주셔서 감사합니다. 수영복 일러스트, 다들 최고로 귀여워요…….

또 관계자 여러분, 독자 여러분께도 감사 인사를. 항상 고맙습니다.

자, 그러면 다음은 문화제 편입니다. 그들의 음악은 누군가의 마음에 닿을 수 있을까요?

하이바라의 청춘 뉴 게임 플러스 3

2024년 12월 20일 제1판 인쇄
2025년 01월 03일 제1판 발행

지음 아마미야 카즈키
일러스트 긴

제작 · 편집 노블엔진 편집부

발행 데이즈엔터(주)
등록번호 제 2023-000035호
주소 07551 서울특별시 강서구 양천로 570 NH서울타워 19층
대표전화 02-2013-5665

ISBN 979-11-380-5581-9
ISBN 979-11-380-4029-7 (세트)

灰原くんの強くて青春ニューゲーム Vol.3

구매 시 파손된 도서는 구매처에서 교환하실 수 있습니다.
기타 불편사항, 문의사항이 있으신 독자님께서는 노블엔진 홈페이지
[http://novelengine.com] 에서 Q&A 게시판을 이용해 주시기 바랍니다.